泉鏡花生誕一五〇年記念

鏡花の家

監修・編著
泉鏡花記念館
泉鏡花研究会

平凡社

泉鏡花生誕一五〇年記念

鏡花の家

泉鏡花先生は明治四十三年の五月から
麴町下六番町十一、
現在改名されて六番町五番地の一に、
三十余年間も御住居になつてゐた、
で、誰呼ぶともなしに多年、
番町の先生〳〵と一種の敬愛称を奉られてゐた。

――一門下生「思い出話　番町の先生」
（「鏡花全集月報」第一号）

はじめに

鏡花――泉鏡太郎は明治六（一八七三）年十一月四日、石川県金沢町下新町二十三番地に泉清次・鈴夫妻の長男として誕生した。その年の六月、のちの鏡花を懐妊中であった鈴が、隣県富山の高岡に出稼ぎに赴いた清次に宛てた手紙が残っている。身重ながらも留守を預かる鈴の、清次に対する深い愛情が伝わるその手跡の写真を、鏡花は大正十四年から刊行された春陽堂版『鏡花全集』の巻頭に清次作の鈴の簪とともに掲載し、亡き父母を偲んだ。いずれも明治二十五年十一月、鏡花の生家が貰い火で全焼する際に持ち出された品々である。

そんなふうに幾多もの消失の危機を乗り越え、難を逃れた多く遺品や原稿類が現在、昭和十四年の鏡花没後に永年保存を志し、寄贈を受けた慶應義塾図書館と、昭和十九年に熱海に疎開し、終戦を迎えた泉家遺族のもとに分蔵されている。

鏡花の親族のみならず、鏡花を囲む親睦会として明治四十年代に活動した鏡花会や、鏡花をとりまく文化人により大正期末から逝去直前まで継続された九《きゅう》九《きゅう》九《きゅう》会の会員を筆頭に、鏡花とその作品を愛する人々による奔走がなければ今日、鏡花は文学史で目にするのみの作家となっていたかもしれない。彼らによって鏡花の死から半年後の昭和十五年に刊行が開始され、昭和十七年に無事完結を見た岩波書店版『鏡花全集』は戦後、約三十年を経て鏡花生誕百年を迎えた昭和四十八（一九七三）年に第二刷が発行され、これを拠り所とする多くの研究者を輩出した。また同じ年、鏡花生誕の地である金沢市では泉鏡花文学賞が制定され、令和四（二〇二二）年に第五十回を数えて今なお継続中である。この間、昭和五十九年には泉鏡花研究会が発足、平成十一（一九九九）年には金沢の鏡花の生家跡地に泉鏡花記念館が開館して、長きにわたり人々が守り続けた貴重な資料と情報は、次代に引き継がれるべく研究・発信され、鏡花を愛する人々の間でジャンルを超えてその可能性を広げ続けている。

　令和五年、鏡花は生誕一五〇年を迎えた。五十年前がそうであったように、それは次の世代が受け継ぐための新たなスタートラインにほかならない。鏡花の生活と創作の場であった終《つい》の棲家《すみか》「番町の家」は戦火で失われたが、鏡花という存在を求める人々が、その生きた証を守り伝える「家」であり続ける。その探究はとどまることを知らず、常に更新されていくだろう。次なる五十年に向け、今在るものの保存、そして記録に多大な尽力を賜ったすべての人に感謝しつつ、本書によって「鏡花の家」があらたな生命を得ることを願っている。

泉鏡花記念館　学芸員　穴倉玉日

特別公開

鏡花貴重資料

泉家と慶應義塾図書館に分蔵された遺品、原稿類の多くは人々に守られ戦火を潜り抜け、今に伝えられている。

それらは鏡花その人や親族、友人知人の足跡を示すのみならず、文学、美術、工芸などの分野においても注目すべき貴重資料である。

蘆雁図小柄

銘　和泉政久（花押）

加賀象嵌の彫金師であった鏡花の父・泉清次は、鏡花が自身の年譜で「政光とて、金属の彫工なり」と記したように、政光の工名が知られているが、「山尾侶延弟子和泉政久」とされる人物も清次である可能性が以前から指摘されていた。「和泉政久」の銘と花押が施されたこの小柄は、昭和十四年九月七日の鏡花の没後、昭和十六年夏から同十七年秋にかけて慶應義塾図書館に寄贈された鏡花の遺品の中からこのたび新たに確認されたものであり、和泉政久＝泉清次であることを裏付ける重要資料である。また、鏡花の手元に残った清次作品の中に「蘆に雁」の意匠の小柄があったとする周辺人物の証言とも一致する。（九十四頁　種田和加子「父清次の功績」参照）

慶應義塾図書館蔵

蘆雁図小柄
（慶應義塾図書館蔵）

小柄の裏面。和泉政久の銘と
花押が確認できる。
（九十五頁図版参照）

雌蝶雄蝶 内裏雛

銘 十日坊玄之（初代津田左右吉）

加賀水引の創始者である初代津田左右吉の作品。明治二年、鏡花と同じく金沢・下新町で金谷宗次郎の長男として生まれた左右吉は、金沢・十間町の津田左登の養嗣子として入籍して津田姓となった。大正前期頃から小笠原流水引折型に魅せられてこれを学び、独自の立体的な折形を開発、「十日坊玄之」と号して大正十三年には当時、摂政宮であった昭和天皇に内裏雛と具足を献上する栄誉に与かった。この「雌蝶雄蝶 内裏雛」は大正十四年十一月、鏡花が金沢に帰郷した際に左右吉と再会、幼馴染の鏡花に贈られたものである。

慶應義塾図書館蔵

津田左右吉作　雌蝶雄蝶内裏雛（慶應義塾図書館蔵）
鏡花の幼馴染である初代津田左右吉の作品。初代左右吉はそれまで平面的だった水引細工を立体的に仕上げる作風を確立し、加賀水引と呼ばれる伝統工芸に引き上げた人物で、皇室にも作品を献上している。箱の蓋裏には初代が用いた「十日坊玄之」の号が確認できる。

「化鳥」割愛原稿

泉鏡花筆

「文字に対する敬虔の念」から、生前より自筆原稿を手元に戻し、保管したという鏡花。それらは「完全原稿」のほか、「残念ながら完全でないもの」「全然見当たらないもの」「御生存中他に御つかはしになつたもの」に分けられることが没後の整理で判明している。明治三十年四月、「新著月刊」第一号に掲載された鏡花の短篇小説「化鳥」の自筆原稿は現在、「完全原稿」として鏡花没後に寄贈を受けた慶應義塾図書館に所蔵されているが、これとは別に鏡花が本作脱稿後、版元への入稿前に本人によって意図的に割愛されたと覚しき「原稿」が今も泉家親族のもとに残されており、鏡花の執筆現場を彷彿とさせる。（一〇八頁　穴倉玉日「執筆の現場から」参照）

泉名月遺族蔵

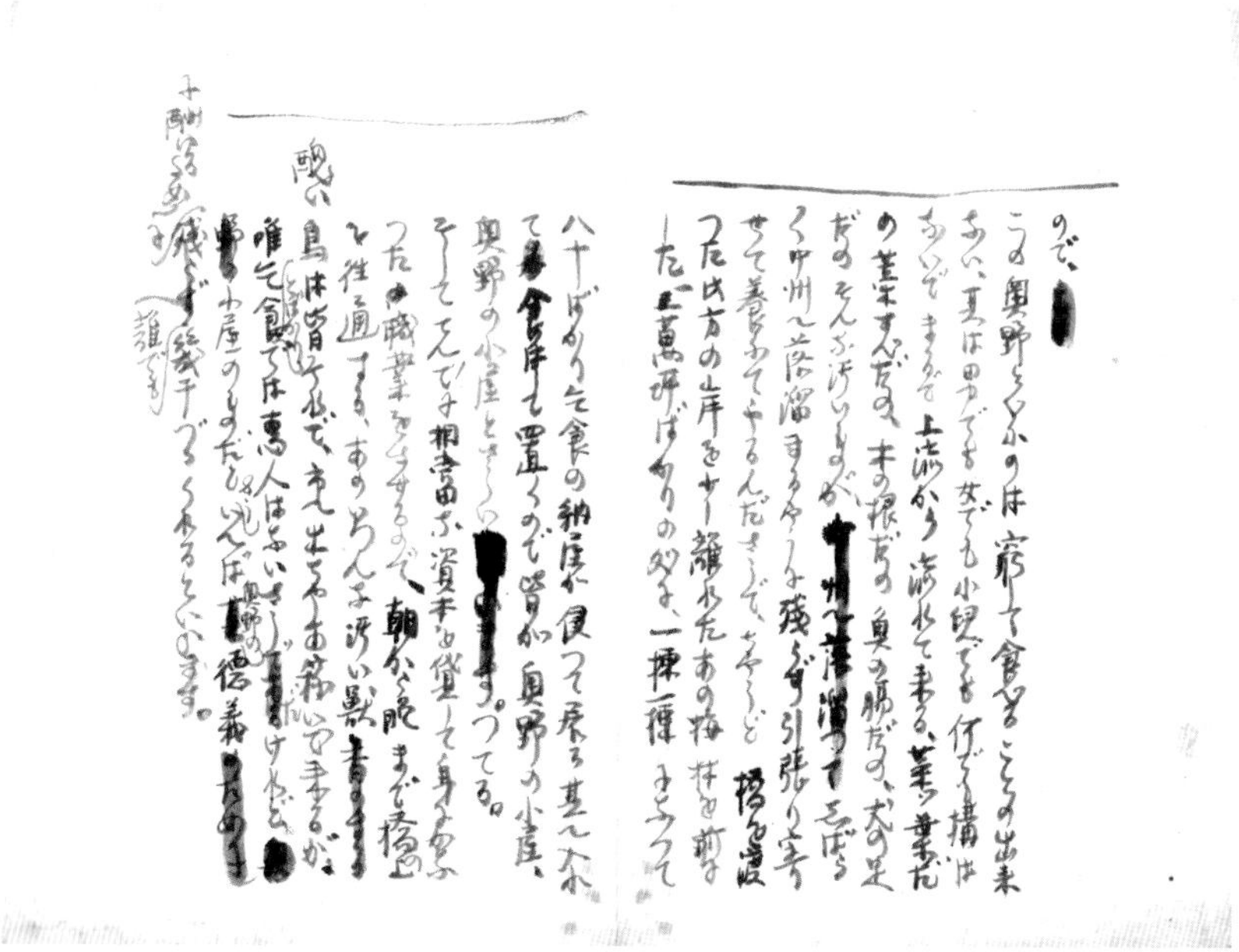

ので、
この奥野といふのは窮して食べることの出来
ない、其は男でも女でも小児でも何でも構は
ないでまるで上流から流れて来る、菜ッ葉だ
の蕪すべだの、木の根だの、魚の腸だの、犬の足
だのそんな汚いものがしばら
く中州へ落溜まるやうに残らず引張り寄
せて養ふてやるんださうで、ちやうど橋を渡
つた此方の岸を少し離れたあの梅林を前に
した一万坪ばかりの処に、一棟一棟になつて
八十ばかり乞食の納屋が建つて居る其へ入れ
て食はして置くので皆が奥野の小屋、
奥野の小屋とさういつている。
そしててんでに相当に資本を貸して身にかな
つた職業をさせるので、朝から晩まで橋の上
を往通する、あのいろんな汚い獣醜い
鳥は皆それで、市へ出ちやあ稼いで来るが、
唯乞食とばかりでは恵人はないさうだけれど、
小屋のものだとさういへば奥野の徳義
に酬ゆるために誰でも幾干づゝくれるといひます。

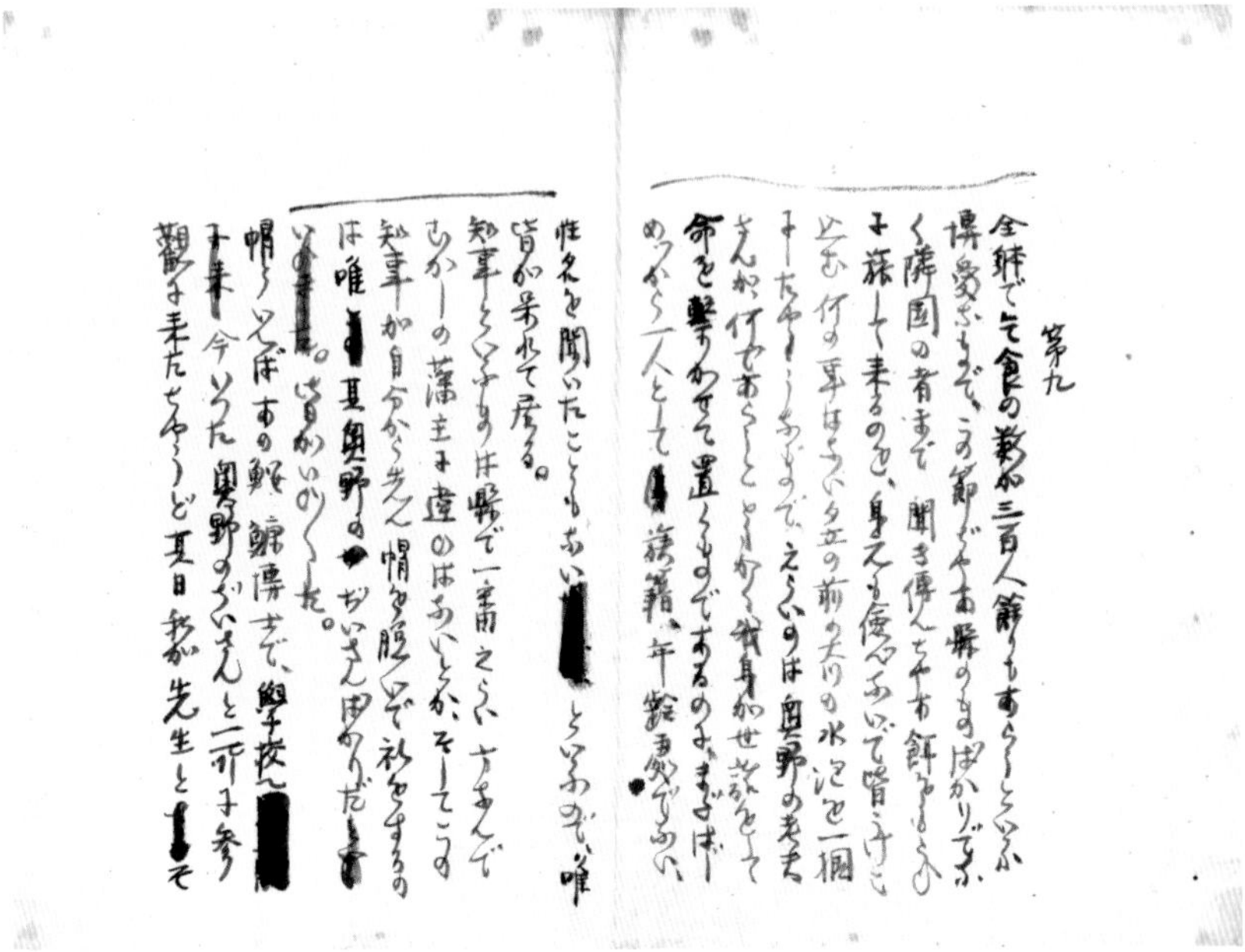

第九

全体で乞食の数が三百人余りもあらうといふ博愛なもので、この節ぢやあ県のものばかりでなく隣国の者まで聞き伝へちやあ餌をもらひに旅して来るのを、身元も険べないで皆うけこ込む何の事はない夕立の前の大河の水泡を一摑にしたやうなまで、えらいのは奥野の老夫さんが、何であらうとともかく我身が世話をして命を繋がせて置くものであるのに、まだはじめッから一人として族籍、年齢処でない、性名《ママ》を聞いたこともないといふので、唯皆が呆れて居る。

知事といふものは県で一番えらい方なんでむかしの藩主に違ひはないとか、そしてこの知事が自分から先へ帽を脱いで礼をするのは唯其奥野のぢいさんばかりだ。皆がいひ／＼した。

帽といへばあの鮟鱇博士で、学校へ今いつた奥野のぢいさんと一所に参観に来たちやうど其日私が先生とそ

終の棲家
番町の家

泉鏡花記念館 編

鏡花のかつての住まいで現存するものは一つもない。現在、泉鏡花記念館が建つ金沢市下新町、かつての金沢町下新町にあった生家は、鏡花が尾崎紅葉の内弟子としてデビュー作「冠弥左衛門」を連載中の明治二十五年十一月十日未明の大火で類焼した。翌年、泉家は同地に再建されたものの、父清次が明治二十七年一月九日に死去。鏡花は二十八年に下新町の家を売却、二十九年には小石川区大塚町に借家し、弟豊春そして金沢から呼び寄せた祖母きてとともに一家を構えた。その後、牛込区南榎町、牛込区神楽町、神奈川県逗子の田越村、麹町区土手三番町と転居を繰り返し、明治四十三年五月に入居して終の棲家となったのが麹町区下六番町十一番地（現在の千代田区六番町五番地）の通称「番町の家」である。

やはり借家であったこの家に鏡花は約三十年にわたって住み続け、昭和十四年九月七日、肺腫瘍で瞑目した（享年六十七）。そして、岩波書店の働きかけで翌十五年三月から『鏡花全集』の刊行が開始され、鏡花の文業を後世に伝える作業が進むなか、周囲の人々の間にある想いが芽生えた。泉家に遺された大量の原稿、遺愛品の数々を「如何にして永久に安全に保存するか」。番町の家を買い取って「鏡花の家」として保存する、鏡花ゆかりの寺院に「鏡花堂」を建立する、などの意見もあったが、いずれも耐火、耐震、そして管理の面で問題があった。

万策尽きかけた頃、候補に挙がったのが、鏡花の死から半年後に急逝した盟友・水上瀧太郎の母校、慶應義塾大学である。昭和十六年、同じく慶應出身の久保田万太郎や和木清三郎の口添えを得て、若き日に鏡花の門下生であった寺木定芳がすず夫人の代理として小泉信三塾長と面談、小泉塾長は特に親友であり義弟でもあった瀧太郎との縁を挙げ、受け入れを快諾したという。

　同年七月二十九日、小泉塾長が泉家を訪問、寄贈に向けての準備がスタートした。岩波書店の長谷川覚、長田幹雄が分類した完全原稿に加え、その他の草稿等の整理は鏡花会の幹事だった田島金次郎が引き継いで、ある程度まとまったものは泉家に和綴じの職人を呼んで製本された。なお、自筆原稿の寄贈日は明らかでないが、昭和十七年秋には完了したとされている。寄贈に際し、慶應では泉家で縹色の表紙で製本された自筆原稿の題簽の揮毫を鏑木清方に依頼している。一方、昭和十六年八月五日には執筆机や兎の置物などの遺愛品が図書館に納められたが、これに先立ち、里見弴の仲介で室内写真の第一人者・渡辺義雄によって泉家の書斎、居間、雀のお宿等が記録のために撮影されている。昭和十九年八月、すべてを見届けたすず夫人は鏡花没後に養女とした鏡花の弟豊春の長女名月とその母サワとともに熱海に疎開、番町の家に残された夫妻の思い出の品々も持ち出され、こうして鏡花の遺品は泉家遺族と慶應義塾図書館とに分蔵された。

　そして、昭和二十年五月二十六日午前零時二十分、空襲により三田山上の図書館は書庫を除いて被災、地下書庫に移動されていた遺品と原稿類は無事だったが、図書館八角塔に残された八三六冊の鏡花旧蔵書が失われ、主が去った後の番町の家も同じ空襲で焼失した。
　こうして鏡花の家は失われたが、鏡花を愛する人々によって守り抜かれた品々は、その作品群とともに稀有の作家の創作の場を、その暮らしぶりとともに現代に伝えている。

［参考文献］　泉鏡花記念館編「番町の家　慶應義塾図書館所蔵　泉鏡花遺品展」（平21・11）
泉鏡花記念館編「泉名月氏旧蔵　泉鏡花遺品展」（平25・10）
慶應義塾図書館編「鏡花の書斎　「幻想」の生まれる場所」（平28・10）

泉家玄関

日が傾いて、夕方ともなれば、
それこそ先生の天下だ。
まだ薄あかるい内から、
夕食後一杯きげんで、
戸外にでゝ、
「オイ、椽台！」とよぶ。六番町のお宅の前、
有島家の黒板塀を前にして、
涼み台がだされる。
煙草盆、蚊やり線香、団扇など涼み台には
約束の小道具がずらりと並ぶ。

——寺木定芳「鏡花の一日」（『人、泉鏡花』武蔵書房　昭和十八年九月）

鏡花愛用の煙草盆と煙管、煙草入れ（泉名月遺族蔵）

通りに出した縁台でくつろぐ鏡花（昭和八年八月撮影）

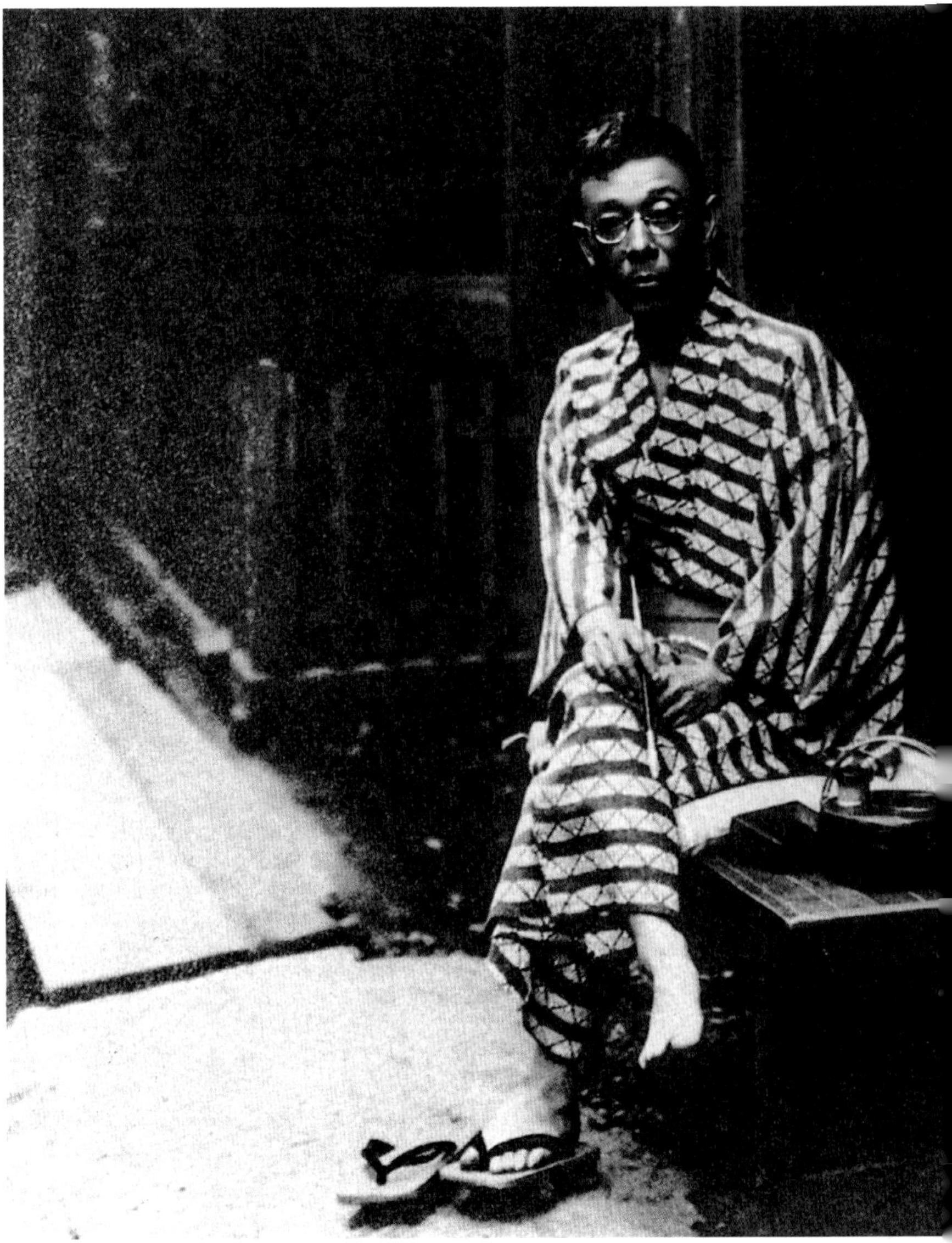

玄関

泉家の玄関。鏡花が妻すずとともに入居した時にはすでに築十年は経過しており、以前は長唄の師匠が住んでいたというこの借家に門はなく、そのまま通りに面していた。吊り下げられた玄関灯には「泉」の一字の外、鏡花が師である尾崎紅葉にあやかって愛用した源氏香図の紅葉《もみじの》賀《が》があしらわれ、夜にはほのかな灯りで訪問者を導いた。

番町の家の玄関に立つすず夫人（大正十四年）

泉家では、黒の羽織はもとより、
格子戸をあけてはいつた一坪の土間に、
明治好みの摺ガラス入の四角な灯籠にも
この印が書いてある。
表紙の香の図の寸法はそれをうつした。

——鏑木清方「装釘についてのこと」
（「鏡花全集月報」第二号）

一階

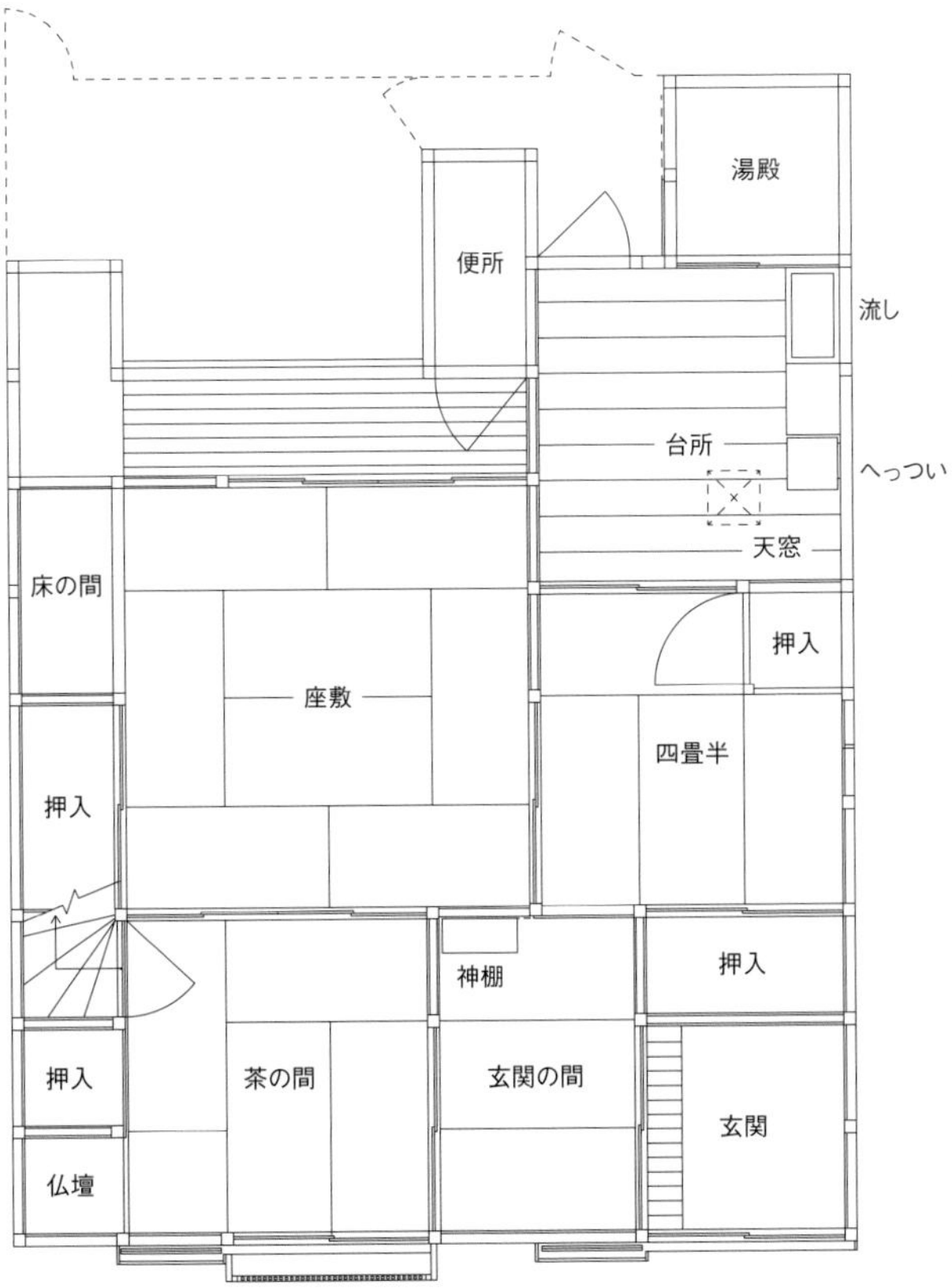

一階三畳

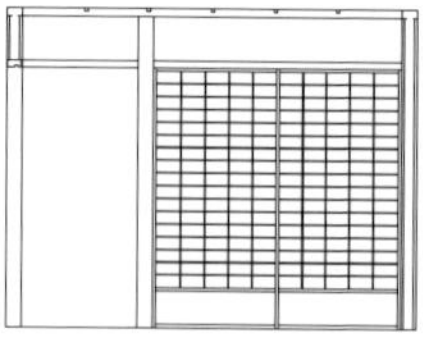
北面

東面

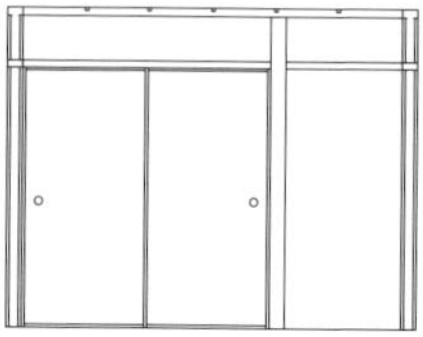
南面

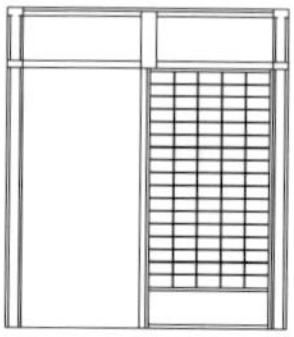
西面

遺族の記憶に基づき、作成されたと思われる「番町の家」の間取り図（新潮日本文学アルバム『泉鏡花』掲載）によれば、玄関脇に三畳の小間があり、ここに電話があったという。玄関と合わせて、多くの来客がまず足を踏み入れた場所である。

大正十二（一九二三）年九月一日十一時五十八分発生の関東大震災を、鏡花はこの家で経験した。屋外に避難した後、隣の中六番町の火災による延焼を怖れて、町内の人々とともに「四谷見附の新公園」に避難し、三日の朝まで野宿した（「露宿」「間引菜」）。二日の正午頃、麹町の火が消えたと聞き、一度家に戻って、せめて一間だけでも……と、すず夫人が落ちた壁土を払ったのも、この玄関の三畳である。

この一間は、鏡花たちが避難生活を終えて家に戻ったものの、余震が続いたことから、すぐに逃げ出せるようにと臨時の執筆場所となった。

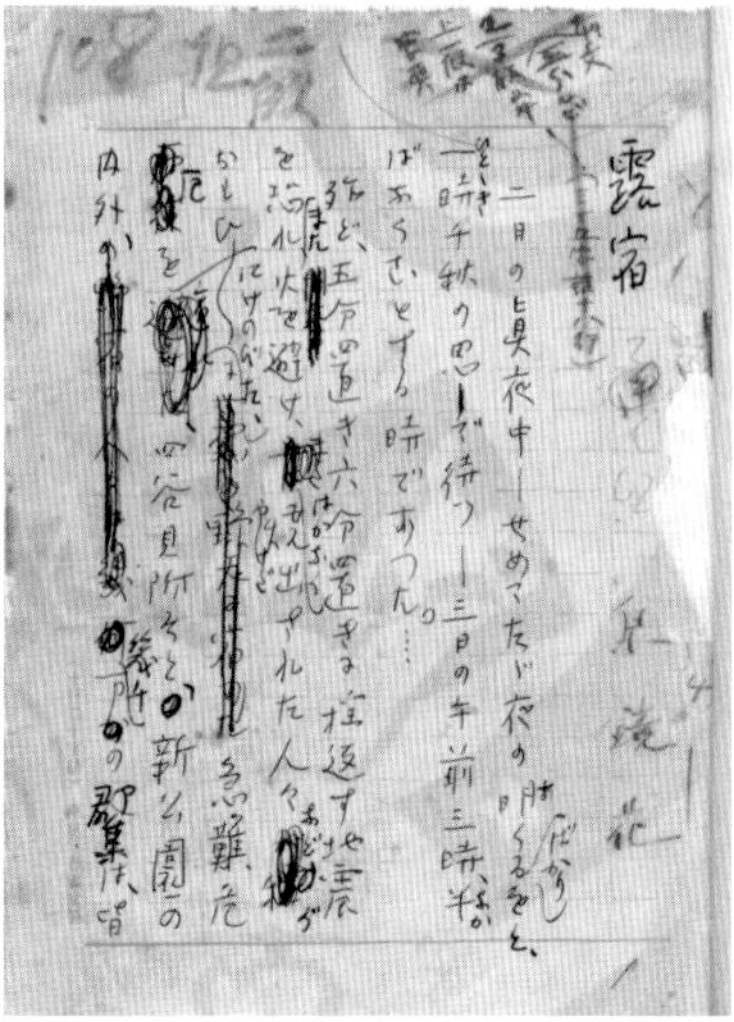

関東大震災の体験記「露宿」自筆原稿。作中にも登場する里見弴の旧蔵品である。（泉鏡花記念館蔵）

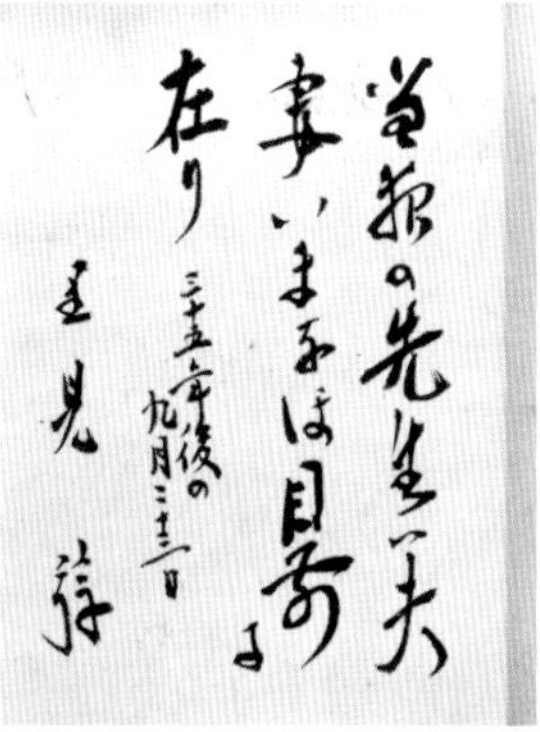

当夜の先生御夫妻いまなほ目前に在り　三十五年後の九月二十三日
里見弴

泉鏡花「間引菜」（抄）

大焼原《おおやけはら》の野と成つた、下町とおなじ事、殆《ほとん》ど麹町の九分どほりを焼いた火の、やゝしめり際を、我が家を逃出たまゝの土手の向越《むこうご》しに見たが、黒煙《くろけむり》は、残月の下に、半天を蔽《おお》うた忌《いま》はしき魔鳥《まちょう》の翼に似て、焼残る炎の頭《かしら》は、その血のしたゝる七つの首のやうであつた。

……思出す。……

あらず、碧《あお》く白き東雲《しののめ》の陽《ひ》の色に紅《くれない》に冴えて、其の真黒な翼と戦ふ、緋の鶏《とり》のとさかに似たのであつた。

これ、夜のあくるにつれての人間の意気である。

日が暮れると、意気地はない。その鳥より一層もの凄い、暗闇《やみ》の翼に蔽はれて、いま灯《ともしび》の影に息を潜める。其の翼の、時々どツと動くとともに、大地は幾度もぴり〳〵と揺れるのであつた。

驚破《すわ》と言へば、駈出すばかりに、障子も門も半ばあけたまゝで。……框《かまち》の狭い三畳に、件《くだん》の提灯に縋つた、つい鼻の先は、町も道も大きな穴のやうに皆暗い。――暗さはつきぬけに全都の暗夜《やみ》に、荒海の如く続く、とも言はれよう。

虫のやうだと言つたが、あゝ、一層、くづれた壁に潜んだ、波の巌間の貝に似て居る。——此を思ふと、大なる都の上を、手を振つて立つて歩行《ある》いた人間は大胆だ。

隣家《となり》はと、穴から少し、恁《こ》う鼻の尖《さき》を出して、覗くと、おなじやうに、提灯を家族《みんな》で袖で包んで居る。魂なんど守護するやうに——

（「週刊朝日」大阪朝日新聞社　大正十二年十一月）

震災体験記「露宿」「間引菜」の他、大正十年五月の東北旅行を反映した表題作を収録する作品集『七宝の柱』。装幀は恩地孝四郎。（新潮社　大正十三年三月）

一階茶の間

泉夫妻のくつろぎの空間。特注の長火鉢では衛生面から煮沸を好む鏡花のため常時鉄瓶の湯がたぎり、すず夫人が手ずから焙じ、塩をひとつまみ入れた茶が振る舞われた。飲食を行うためか、天井には特にほこり除けの目張りがされたほか、雷除けのまじないでとうもろこしが吊り下げられていた。奥に二階の書斎に続く階段があり、鏡花が駆け上がる姿がしばしば作品に登場する。ガラス障子越しに見えるのは出窓の格子で、外は有島家と向かい合う、泉家正面の通りとなる。

昭和十四年九月七日、この茶の間で麦飯と味噌汁の遅めの朝食を済ませた鏡花だったが、その後容態が急変、そのまま臨時の病床となったものの、知らせを聞き参集する人々を前にした鏡花の希望で隣接する八畳の座敷に寝床が移され、まもなく瞑目した。

泉家一階茶の間。鏡花の自伝的長篇小説「由縁の女」の冒頭は、泉夫妻をモデルとする麻川礼吉とお橘夫婦がこの火鉢に差し向かいで会話する場面から始まる。（渡辺義雄撮影）

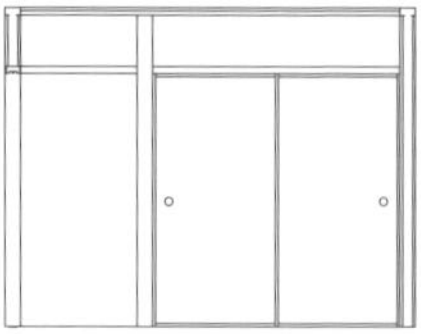

北面

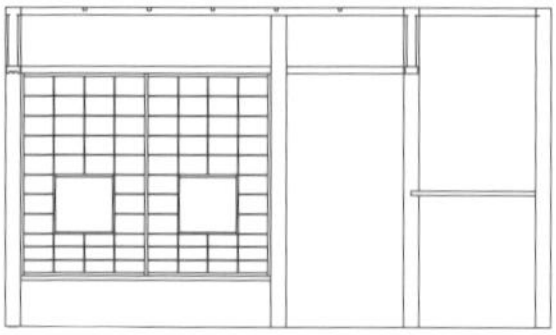

東面

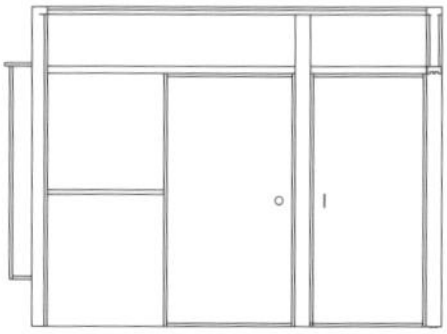

南面

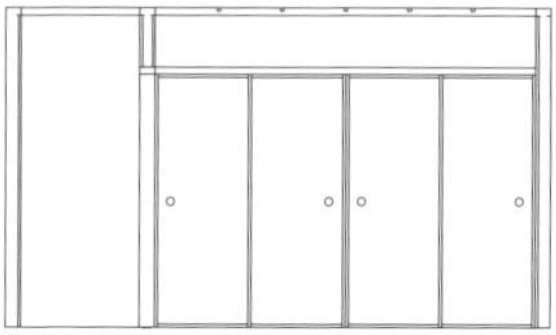

西面

桑の木の茶箪笥と愛用の湯呑み、茶わん。泉名月遺族蔵

泉夫妻愛用の桜材の火鉢。浅草の指物師に特注して、すず夫人の体の寸法に合わせて作らせたという。灰皿は三味線の胴と撥の意匠。泉名月遺族蔵

湯帰りの細君と、火鉢の前で対《さし》向ひで、

「先刻《さつき》、お前が湯へ出がけに来た手紙だがね。」

「……孰方《どちら》から。」

「針屋のお光《こう》さんからだよ。」

「まあ、御故郷《おくに》の然《そ》う、お珍しいぢやありませんか。」

「珍しいにも何にも、学校をむやみとなまけた女《ひと》だから。」

「少々耳が痛うござんすわね。」

と鉄瓶の蓋《ふた》を撫《な》でる。

「今更《いまさら》悔んだつて仕方がない。」

と、茶棚を見ながら、

「番茶を一つ入替《いれか》へて貰《もら》はうか。」

――「由縁の女」より

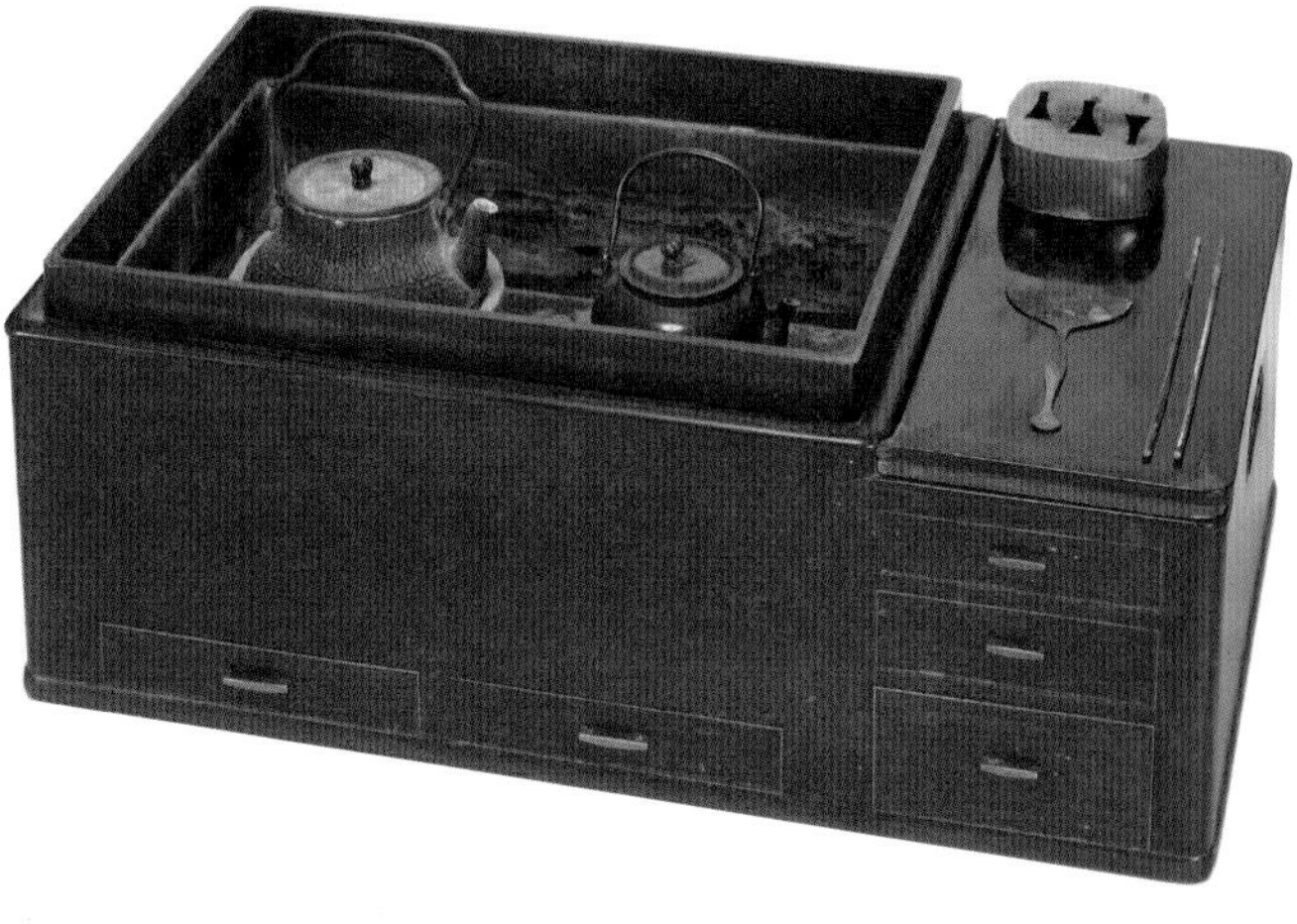

コラム

衛生家として泉鏡花

極端ともいえる潔癖症と偏食で知られる鏡花。南榎町時代からの弟子で、後に歯科医となった寺木定芳は次のように語っている。

此の極端な食癖は、三十前後からで、その前は何でも食べたものだった。神楽坂時代、さあ是から仕事だという時なぞは――宵の内寝ておく習慣なので、それは午後十一時から十二時近くになるんだが――大どんぶりに、菜漬を一ぱい、それに烏賊の生漬という、いとも不衛生不消化なおかずで大飯をぱくぱくと食べたものだった。

それが、其の当時赤痢にやられて、「鏡花とモデル」の項で前述した築地の田村医学士の病院に入院する、それから胃腸が面白くなく、逗子へ引籠って、鶯の摺餌のような食養法をやるようになってから、極端な食物恐怖症になって了ったのであった。

――寺木定芳「鏡花の一日」(『人、泉鏡花』)

神楽坂時代に「築地の田村医学士の病院に入院」したという鏡花。明治三十七年十一月九日付の「国民新聞」には「鏡花子嚢に病を得て築地の病院に入り頓に転居を思立ちて目下住むべきを捜索中なり」と報じられており、寺木の証言はこの頃を指すと思われる。同年四月末の金沢帰郷の際には、東海道線の車中で思うがままに飲食する様子を、留守を守るすず夫人にハガキで書き送っていた鏡花。しかし、翌三十八年七月には体調不良を理由に療養のため神奈川県の逗子に転居、その後、明治四十二年二月に東京に戻るまでの約三年半を同地で過ごす中で、食生活を含む鏡花の暮らしぶりは大きく変化したと思われる。

この新たな生活様式はその後、生涯にわたって続けられ、鏡花への敬愛から親しく交流する機会を得た若き文化人たち——鏡花を「衛生家」と称した谷崎潤一郎を始め、小村雪岱、水上瀧太郎らに強く印象を残している。

大体に潔癖な方ですから生物を食べなくなってからの先生は、如何なる例外もなく良く煮た物しか召上らなかった。刺身、酢の物などは、もってのほかのことであり、お吸物の中に柚の一端、青物の一切が落としてあっても食べられない。大根おろしなども非常にお好きなのだそうですが、生が怖くて茹でて食べるといった風であり、果物なども煮ない限りは一切口にされませんでした。

好んで召上られたものは、野菜、豆腐、小魚などのよく煮たものでした。

（中略）

――小村雪岱「泉鏡花先生のこと」（「ホームライフ」昭和十四年十一月）

あらためて久保田さんに紹介されて御挨拶をしたが、その時不思議に思ったのは、泉先生のおじぎをなさる時の手つきだった。両手とも拇指と他の指で軽い輪をこしらえ、甲の方を畳につけて頭をさげるのである。これも後で知ったのだが、極端なきれい好きでかつもろもろの黴菌《ばいきん》を誰にも増してこわがる先生は、畳の上に手をつく事を避けておられるのであった。

（中略）

水府の箱を膝のところに引つけて、合間々々に吸われるが、とんと吸殻を灰に落して煙管を手から放す時は、必ずその吸口に千代紙でこしらえた赤坊の小指ほどの筒をかぶせる。これもやはり黴菌よけで、敢て煙管と限らず、鉄瓶の口にもかぶせてある。もとより奥さんの御細工である。

——水上瀧太郎「はじめて泉鏡花先生に見ゆるの記」（「随筆」大正十三年八月）

京橋の大根河岸あたりだったと思う、鏡花のひいきにしている鳥屋があって、鏡花、里見、芥川、それに私と四人で鳥鍋を突ッついたことがあった。健啖で、物を食う速力が非常に速い私は、大勢で鍋を囲んだりする時、まだよく煮え切らないうちに傍から傍から食べてしまう癖があるのだが、衛生家で用心深い鏡花はそれと反対に、十分によく煮えたものでないと箸をつけない。従って鏡花と私が鍋を囲むと、私が皆食べてしまい、鏡花は食べる暇がない。たびたびその手を食わされた経験を持っている鏡花は、だから予め警戒して、「君、これは僕が食べるんだからそのつもりで」と、鍋の中に仕切りを置くことにしているのだが、私は話に身が入ると、ついうっかりと仕切りを越えて平らげてしまう。「あッ、君それは」と、鏡花が気がついた時分にはもう遅い。その時の鏡花は何とも云えない困った情ない顔をする。私は相済まなくもあるが、その顔つきが又おかしくて溜らないので、時にはわざと意地悪をして食べてしまうこともあった。

——谷崎潤一郎「文壇昔ばなし」（「週刊公論」昭和三十四年十一月）

また、鏡花没後にすず夫人の養女となった、鏡花の弟豊春（斜汀）の長女名月《なつき》は、すず夫人からの聞き書きとして次のように語っている。

> すず夫人は鏡花の煙管の吸い《ママ》口に、千代紙を小さく切って細工した煙管吸い口キャップを発案してかぶせました。毎日吸う刻み煙草の長煙管の吸い口です。空中のばい菌よけ、ほこりよけ、吸い口が他のものにさわらぬ用心のためです。円形の鉛筆を型にして、小さく切った千代紙をまるめたもので、まるめた頭をちょんちょんとのりではって、キャップに仕上げます。千代紙は極上の紙質でした。

——（泉名月「羽つき・手がら・鼓の緒」別冊現代詩手帖「泉鏡花——妖美と幻想の魔術師」思潮社　昭和四十七年一月）

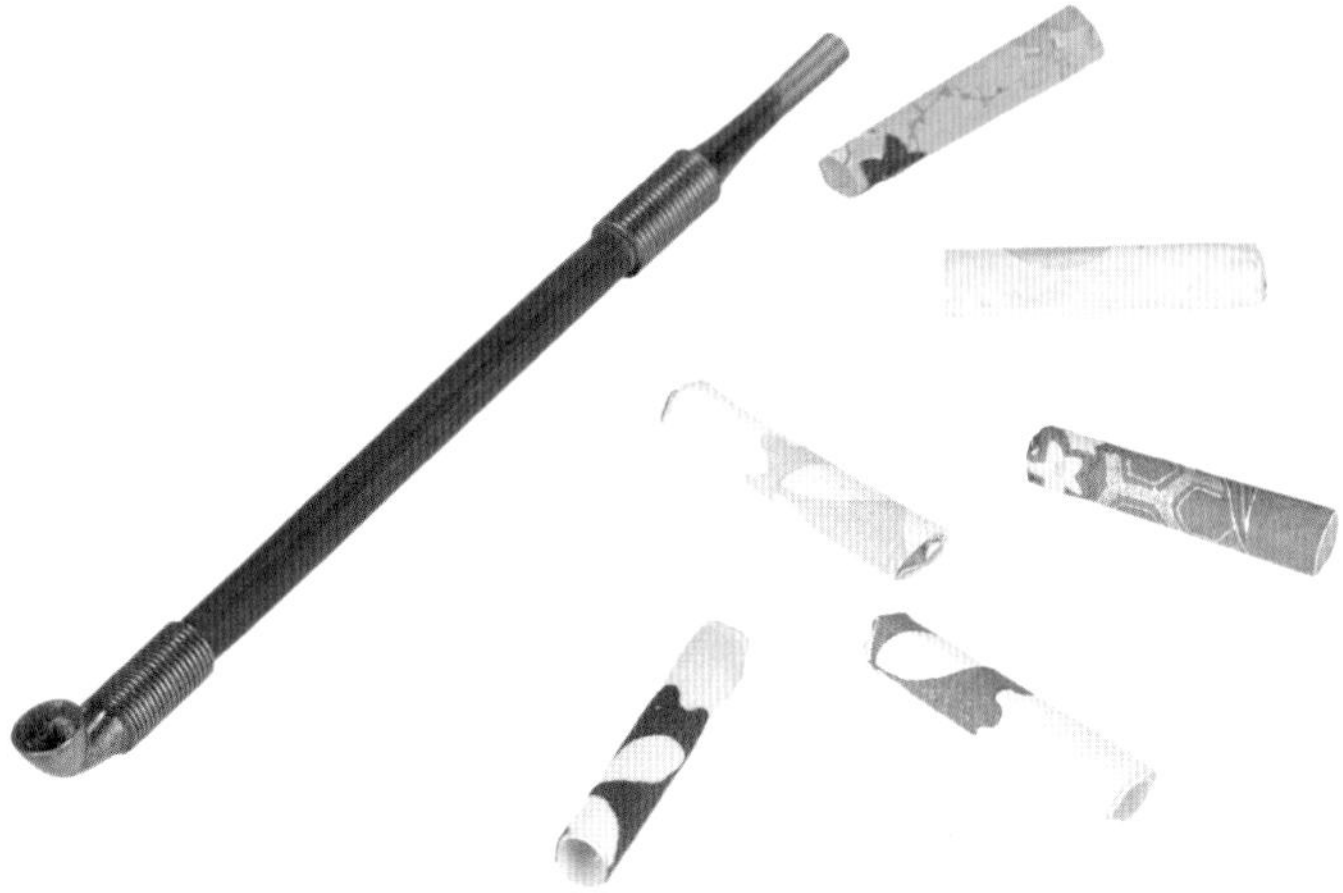

（上）鏡花愛用の煙管と、すず夫人が千代紙で手作りした吸口キャップ。
（下）鏡花がアルコール綿を入れて携帯したという消毒器
（泉名月遺族蔵）

一階八畳

縁側を隔てて庭に面した一階の八畳間は、訪問客を応接する座敷であり、夜は夫妻の寝所となった。壁際に置かれた草双紙用の大きな本箱の前蓋には『続風流線』の口絵で知られる絵師・鰭崎英朋によって桔梗の花が描かれている。鏡花と英朋はともに草双紙を好み、蒐集し合う仲であった。

二坪ほどの庭には乙女椿、山茶花、南天、卯の花、そして紫陽花などが植栽され、「雀のお宿」と呼ばれる能楽堂を模したような餌台があった。泉家では昭和十六年夏、書斎などとともにこの餌台についても記録撮影を依頼したが、夜間のためか撮影は失敗に終わった。次頁写真の右端にわずかに写り込むのが、「雀のお宿」の唯一の現存する姿である。

また、この座敷は昭和十四年九月七日の鏡花最期の日、危篤の報を受けて駆けつけた笹川臨風、柳田國男、そして里見弴らに見送られつつ旅立った、鏡花入滅の場でもある。

泉家一階の八畳の座敷にて（中央にすず夫人、左端が里見弴）。遺影や草双紙本箱（四十五頁参照）などが確認できることから、鏡花の没後、これらの遺品が慶應義塾図書館に寄贈される昭和十六年八月までのものと思われる。

此の二坪位の庭に「雀のお宿」がある。
木の灯籠に台をつけて、
四方を開けつぱなしにしたもので
是に毎朝永年米をまいてあるのだ。
いづくともなしに、
あの麹町の樹木の多い庭々から、
雀が何百となくやつてきて、
入れかはり立ちかはり、賑やかに躍つてゐる。
先生は椽先で、
いつも其をながめてゐるのだつた。

——寺木定芳「鏡花の一日」（『人、泉鏡花』）

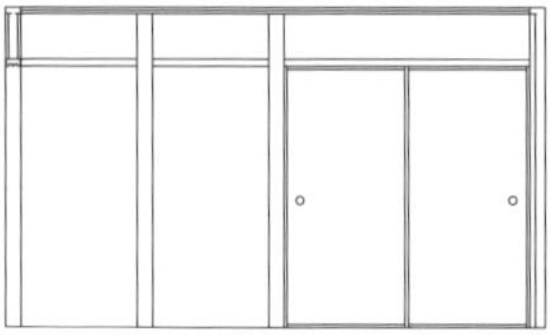

北面

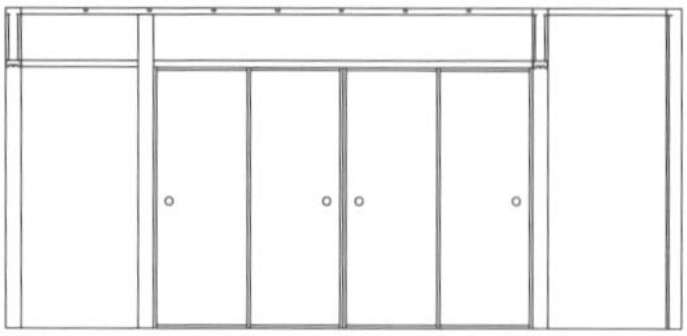

東面

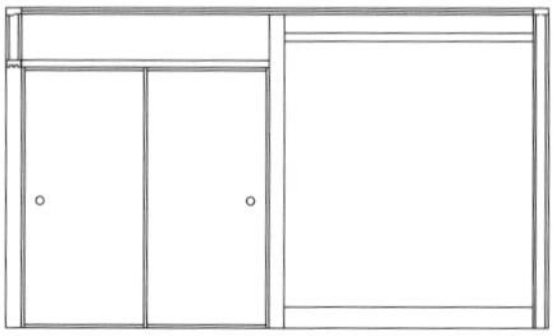

南面

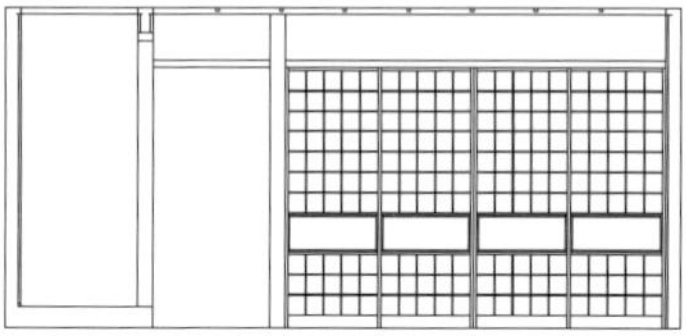

西面

(右)泉家に残された八犬伝専用の本箱。(泉名月遺族蔵)

(下)鏡花自筆の草双紙目録。購入した本屋や夜店も記録されている。(泉名月遺族蔵)

(左頁)鰭崎英朋によって紫や白の桔梗や菊の花が描かれた大草双紙本棚。前蓋の右端に「戊申之秋　英朋写」とあり、明治四十一年に製作されたものと思われる。鏡花の蔵書は他の遺品とともに昭和十六年八月五日に慶應義塾図書館に寄贈されたが、昭和二十年五月二十六日未明の空襲の被害を受け、この大草双紙本棚ほか、一部を残して焼失した。(慶應義塾図書館蔵)

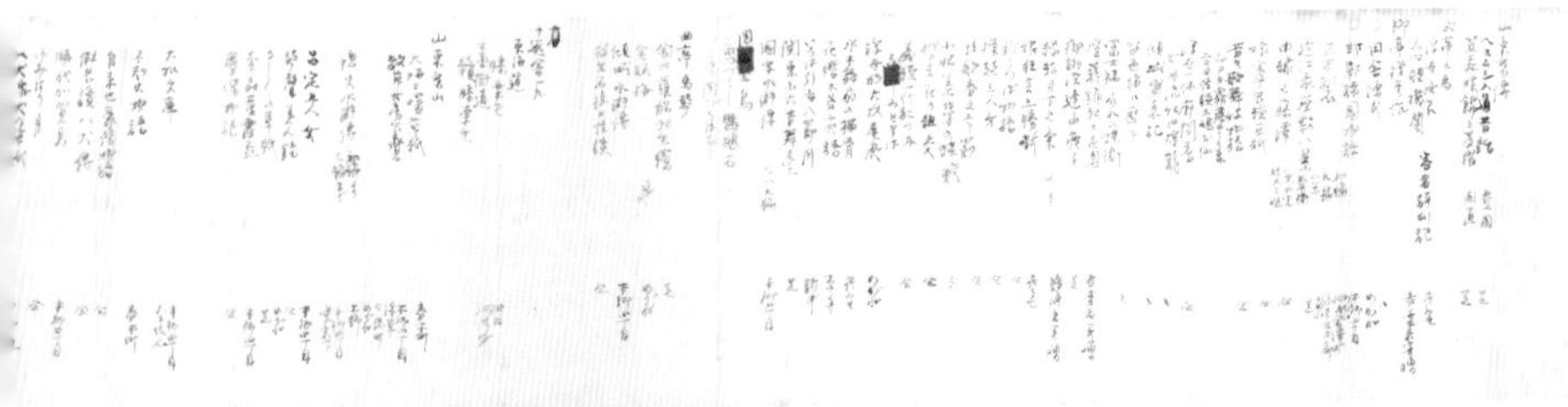

鏡花氏は幼少の頃から草双紙、京伝本、洒落本などによって伝奇の世界に親しんでいた。母君の雛の箱でささせたという本箱の中にそれらの小口の本が揃っており、三歳四歳の頃の故人は「表紙の美しい絵を土用干のように列べて此武士は立派だの、此の娘は可愛いなんて……」やっていたのである。後に草双紙を買集められたが、是はただほんの道楽だと言われている。しかし、遺品のうちには約五百冊の草双紙が大きな書物箱に整然と収められている。この箱の蓋には彩色の桔梗と菊の花が描かれているが、これは鰭崎英朋氏の筆である。面白いことには、鏡花氏が草双紙を集められたのは英朋氏と一緒であって、二人で連れだって集めておられた様子である。その集め方も、鏡花氏が部数の揃った綺麗な本をというのに反して、英朋画伯のそれは本は穢くとも、端本でもという風であった。

――太田咲太郎「図書館案内」(「三田評論」昭和十六年十一月)

コラム

みんみいのいる風景

愛らしく、すこやかに、幸福あれ、みんみい、Mimmy――

泉鏡花「蝶々の目」（大正十年三月）

Mimmy――鏡花にこう呼ばれていたのは、泉家の「斜向《すじむか》ひ」の家に生まれた少女。「三重《みえ》子《こ》」「三葉子《みわこ》」とその名を替えつつ登場する少女の物語を鏡花がようやく描くことができたのは、彼女がわずか七歳でこの世を去った後、二年を経てのことであった。

当時、煙草専売局勤めであった今井儀太郎の三女として生まれた、みんみいこと今井三枝子は母、兄、そして二人の姉の六人家族。幼い妹娘二人のうち、特に可愛い盛りであった三枝子はほとんど毎日のように泉家に出入りし、子のない泉夫妻の慈愛を一身に受けていた。その様子から、中には三枝子を夫妻の実子と思い込んでいた編集者もいたという。

ところがある日、幸福な一家を悲運が襲った。大正四年、今井の妻が肋膜の病に罹患、一家を挙げての伊豆の伊東への転地療養もむなしく、妻はその秋に死去。今井家は東京に戻ったものの、大正六年、今度は今井儀太郎本人が四人のこどもたちを遺して腸結核でこの世を去った。儀太郎は岡山県真庭郡落合町（現真庭市）出身で、ジャーナリストの松崎天民（一八七八—一九三四）と竹馬の友であったことから、遺児たちは同年四月、天民の付き添いで親族を頼り帰郷。しかし、すでに結核性の病に罹患していた当時十八歳の長男も二か月後に死去した。その後、東京の天民のもとには遺された姉娘から姉妹が東京の泉家に身を寄せていると覚しき音信が届いた。

そして、大正八年七月十九日の深夜——向島の百花園（現東京都墨田区内）で開かれた怪談会に足を運んだ天民は、会場である喜多の家茶荘で発起人の一人である鏡花と久しぶりに顔を合わせ、今井姉妹のその後を尋ねたところ、次女もほどなく肺の病で死亡、末娘——みんみいもこの四月に近くの番町小学校に入学したものの、四五日後に亡くなったという。（天民「友人一家の死」）

独り生き残った姉娘は妹二人の小さな骨箱を抱いて再び故郷へ。そして時は移り、鏡花の死後、番町を離れ熱海に疎開した妻すずに一枚の写真が届いた。——独り生き延びた今井家の長女静野から送られた近影の裏には、こう書き添えられてあった。

もう知らぬ間に三十九にもなりました
丁度母の亡くなつた年です

鏡花のみんみいへの尽きせぬ愛情は短篇「薺」「蝶々の目」、そして長篇小説「黒髪」とその続篇である「龍膽と撫子」に写されている。

（上）泉家に保管されていた今井家の四兄妹の写真。左から今井家の長女静野、三女三枝子（みんみい）、長男一郎、次女和子。写真は大正四年七月二十七日、転地療養先である伊豆の伊東で撮影した記念写真。泉名月遺族提供
（下）三十九歳を迎えたという今井家の長女静野。昭和二十年から二十五年頃の撮影と推定される。

描かれた家

泉鏡花「薺」（抄）

「兎さんはね、みんみい、母ちゃんの腹《ぽんぽん》に居た時に、……可《い》いかい、椎《しい》の実、榧《かや》の実沢山《たんと》食べて、それでお耳がお長いんだね、――お耳がお長いんだよ。可《い》いかい。……みんみいはね、空豆《そらまめ》、堅豆《かたまめ》どつさり食べるから、それでお鼻が低いんだぜ、分つたかい。」

「うむ。」と言つて、澄《すま》している。……妙齢《としごろ》に成つて恁《こ》う言はれたら、忽《たちま》ち生命《いのち》にもかゝわるだらうのに。……

「お低鼻《びしや》は、どれだい。」

「コエ」と、其の鼻へ小さな指の尖《さき》を一寸《ちよつと》反らす。

が、何とも言へない。涙が出る。何《ど》うもいゝ。――第一其の鼻の低い、少々出額《おでこ》の所が可愛《かわい》い。

もう恁うなつては、同じ背恰好《せかつこう》で、ツンと鼻筋の通つた他所《よそ》の児《こ》を見ると、いけ高慢で癪《しやく》に障《さわ》る。

いや、しかし、此の堅豆《かたまめ》には毎々弱らされたもので、――最《も》う一人立ちが出来るようになつて、戸外《おんも》へ出るので、緋羅紗《ひらしや》の靴もあてがってある癖に、姉さんのかつこだの、兄哥《あにき》の薩摩下駄《さつまげた》だの、極つて大きいのを穿《は》きたがるから、橇《そり》を引摺《ひきず》るやうで、出来る一人歩行《あるき》が出来ない。処で、お父さんに手を曳《ひ》かれて、宙にぶら下るやうに出掛けて来る。さて、それが早朝で。……お父さんは勉強家で、お役所へ勤《つとめ》が早い。其の早いのに連れられて、圭吉の門口まで来ると、お父さんは安心をして、手放して出勤する。

もう占《し》めたと、どんな隙間からでも、ちよろ〳〵と入つて来て、

「小父《じい》ちやん、起《おッ》き、小父ちやん、起き。」と枕頭《まくらもと》へちよんと坐る。

此方《こっち》は癖の、宵張《よいっぱり》で寝坊だから、二度や三度ではなか〳〵以て目を覚さない。

「小父ちやん、起きしなさい。」と内でも誰か言われるそうで、聞覚えの叱言《こごと》を口移しで、鼻をつまむ、額《ひたい》を撫でる、頭髪《かみ》を引張《ひっぱ》る。……まだ起きないと、ちよこ〳〵と目を突《つッ》つく。

「来たな、むにや〳〵。」

と言ふと、すぐに掌《てのひら》へ、空豆《そらまめ》の堅豆を一ツ押つける。

「剝《む》いて。」

「むくのか。」

と眠い目を擦《こす》り〳〵、小口から尋常に剝きはじめて、ぱらりと皮が取れたと思ふと、柔い手でちよろりと、引攫《ひっさら》つて、ポンと口へ放込《ほうりこ》む。いや早いこと！……入れて噛むかと思ふと。

「剝いて。」がさ〳〵と鳴して、白い油屋さんの前衣兜《まえかくし》から一顆《ひとつ》出す、又剝くと、すぐ、

「剥いて。」爪を取りたての時なぞは、はア〳〵呼吸《いき》を掛けるまで、指の尖《さき》が疼《いた》く成る、煙草《たばこ》も喫《の》めない。

「まだかい、みんみい。」

「剥いて。」

「畏《かしこま》つたよ、何《ど》うも、此奴《こいつ》は一仕事だ。」

と口吐言《くちこごと》を言ひながら、両親もあり、姉もあるのに、此の不器用なのを思いついた心意気と言ふものが尋常ではないと、嬉しがつて、手の疼いなんぞ擽《くすぐつ》たい。

そのうちに、黙つて一顆、その空豆より小さな指が小父《おじ》ちやんの口へ、堅い奴を捻込《ねじこ》むと、自分もたんのうして、ごろんと横に転がって、小母《おば》ちやんと両方の衾《ふすま》の透《す》いた中へ仰向《あおむ》けにストンと入つて、ハンモツクのやうに身体《からだ》を揺《ゆす》ぶる。

寝坊に掛けては小父《おじ》ちやんを凌《しの》ぐ小母ちやんが細い目をして、

「何処《どこ》へ入るのよ。」

「溝《みぞ》。」

「可厭《いや》だよ、溝へなんか入つては。」

とすつと抱《かか》えて引込むと、くツくと笑って、目も鼻も一所に出ない乳へ押着けて、手足を刎《は》ねる。

……

二階

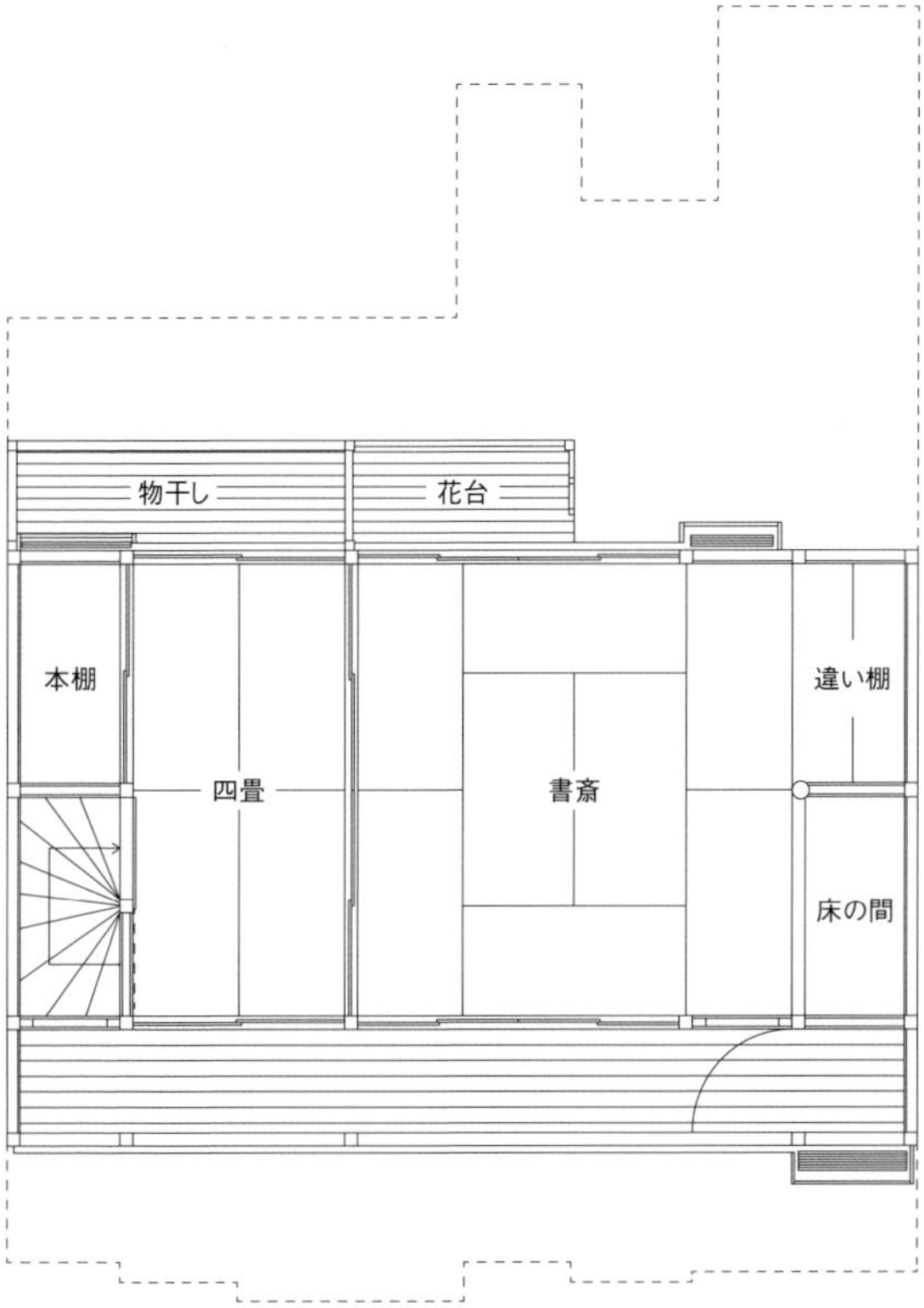

二階四畳

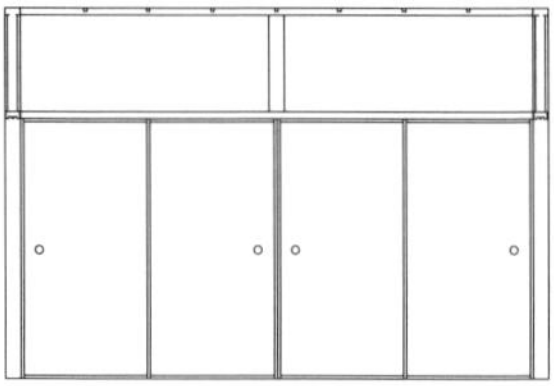

北面

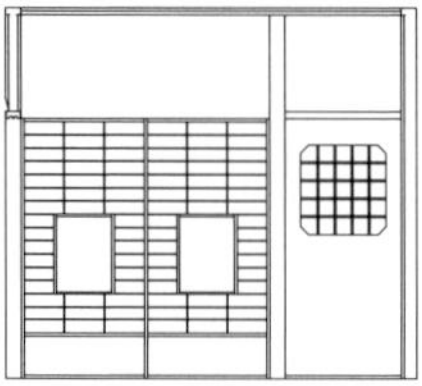

東面

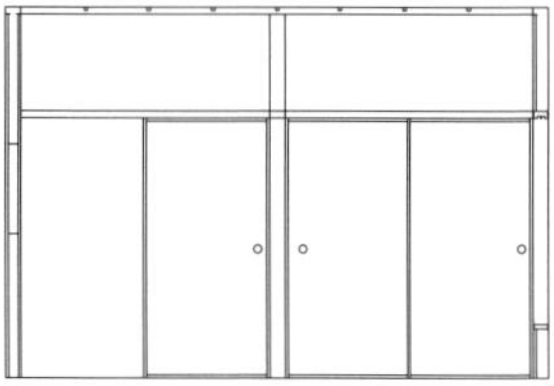

南面

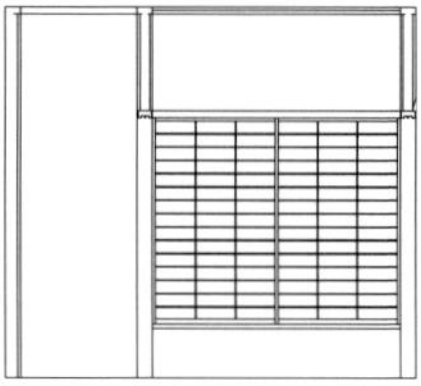

西面

一階の茶の間の奥の階段を上った二階には、鏡花の書斎へと続く四畳間があった。押し入れには蔵書が詰まり、執筆につかれた鏡花がくつろぐ籐椅子やベッドが置かれていたという。この四畳の記録写真は確認されておらず、書斎の鏡花の写真に写り込むのみである。

書斎の鏡花。奥の襖を隔てて
四畳の次の間が見える。
（昭和十年九月撮影）

二階書斎【東面】

通りに面した書斎東面の硝子障子からは、道路向かいの有島邸（有島武郎の親族の家）が見えた。障子際に据えられた執筆机は紫檀とされ、脚には螺鈿で源氏香図の意匠があしらわれていた。この机は晩年のもので、それまでは小さな経机を愛用していたという。

左側のランプは鏡花会の女性会員からの贈り物。桐胴丸の火鉢は、やはり鏡花会会員で鏡花本の装幀も手掛けた日本画家・池田蕉園に無理に譲ってもらったものだという。そして手前の煙草盆の引き出しには、すず夫人お手製の千代紙の煙管の吸口キャップが収納されている。

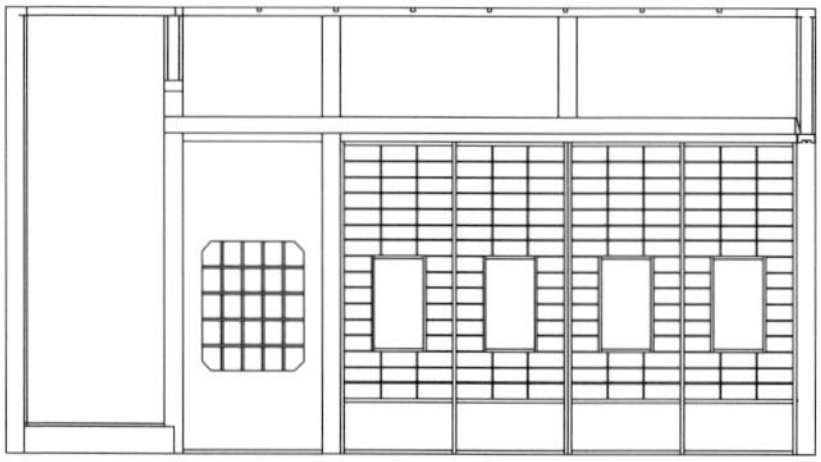

東面

（上）二階書斎【東面】（渡辺義雄撮影）
桐胴丸の火鉢と煙草盆と煙管（ともに慶應義塾図書館蔵）

（上）晩年に使用したとされる紫檀の大机。脚には螺鈿で源氏香図「花宴」が施されている。

（下右）西園寺公望から贈られた硯と書簡。西園寺は明治四十年六月から大正五年四月まで、七回にわたって文士を招いて歓談会（明治四十年十月開催の第二回から「雨声会」と命名）を開き、鏡花は初回から出席した。書簡にはこの硯を示すと思われる「小硯一面」の記載がある。

（下左）珊瑚の筆置きと筆、墨

（いずれも慶應義塾図書館蔵）

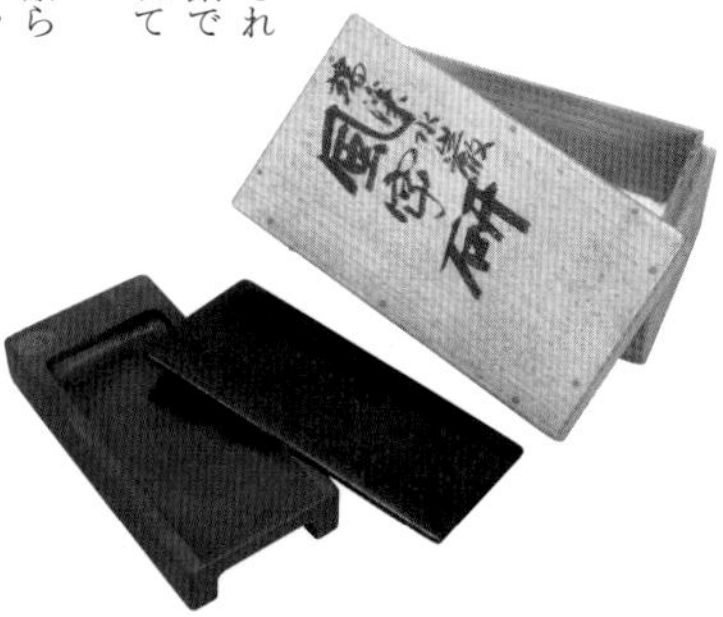

鏡花先生

硯の水差は、神棚に備へてあるやうな、御神酒徳利の小さいのだ。是は硯へ水を入れる用もするが、先づ原稿紙にいよ〳〵執筆前に、右手で小さく振つて口から一二滴其の中の水をふりまくのだ。つまり清めの水だ。

――寺木定芳「鏡花と執筆」（『人、泉鏡花』）

鏡花は毎年、大晦日になると、神楽坂の相馬屋で改良半紙を、そして魁雲堂で筆（方寸千言）を買い求め、愛用した。墨は鳩居堂の宝薫を用いた。執筆は清めの水を振りまいてから行う、独特のものであった。

（上）時にはお清めにも用いた水差し代わりの御神酒徳利。（下）文机の右脇に置かれていた木製小箪笥。中には引き出しが三段ある。（いずれも慶應義塾図書館蔵）

二階書斎【南面】

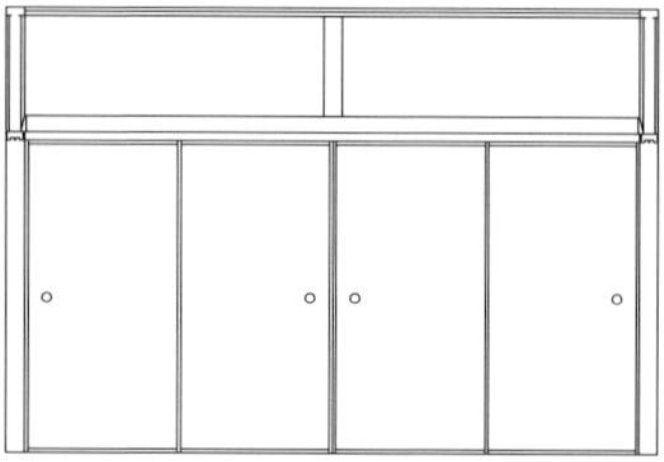

南面

（右）小観音像（慶應義塾図書館蔵）

次の間との間を隔てる襖側に置かれた飾り棚代わりの机は、尾崎紅葉から譲られたものといわれている。布を掛け、小棚や母の形見とされる中印箱を配置。印箱にはたくさんの鏡花の雅印が収められ、その上には銅製の小観音像が置かれていた。関東大震災の際、直ちに屋外に避難した鏡花だったが、隙を見て書斎に駆け上がり、散乱する机まわりからこの小観音像と父清次が幼い日の鏡花のために彫ったという小さな迷子札を蓋にはめ込んだ硯を持ち出している。

大震災後は、金沢で誂えた摩耶夫人像が机を見下ろす位置に安置され、鏡花の執筆を見守った。

書斎【南面】（渡辺義雄撮影）

（右）関東大震災から約二か月後の十一月、すず夫人を伴って帰郷した際に、金沢の卯辰山の麓に住む仏師・宮保左慶に依頼して制作した摩耶夫人像。鏡花はこの経緯を小説「夫人利生記」（大正十三年七月）に描いた。（松竹株式会社蔵）

（左）摩耶夫人像を納めた厨子が置かれていた小戸棚。

（下）松竹梅が描かれた布。鏡花は毎年、大晦日になると除夜の鐘を聞きながら「ひとつ御名筆を揮はうか」と言い、正月の屠蘇台に掛けるための白金巾に自ら筆を執ったという。（ともに慶應義塾図書館蔵）

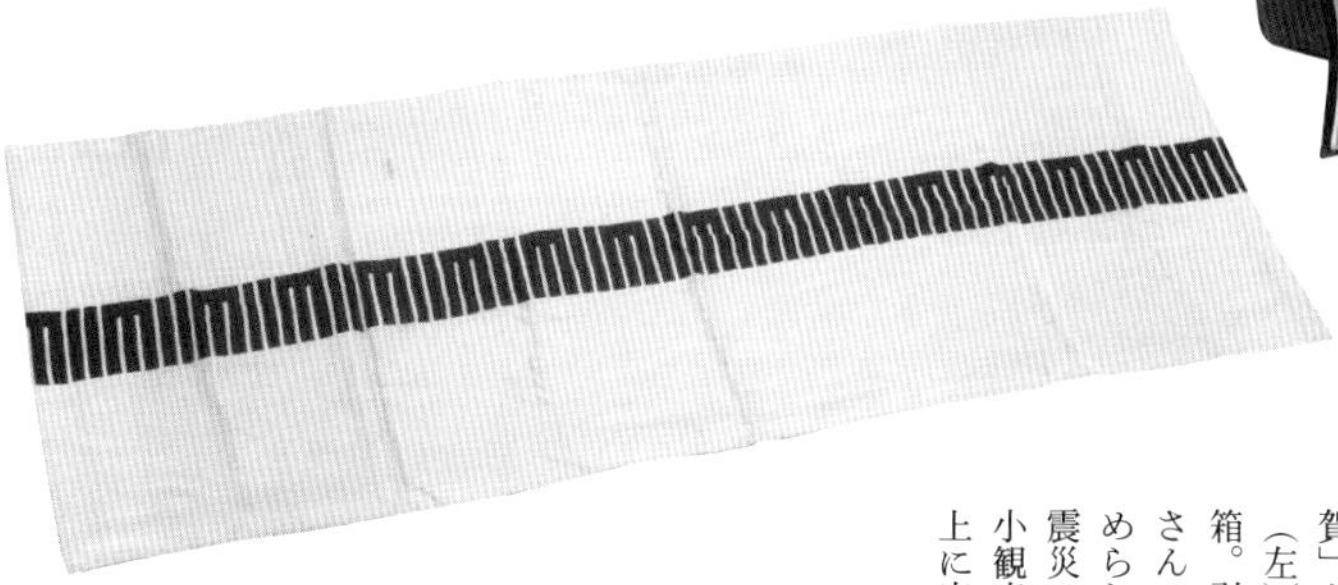

（右上）置き時計。
（左上）執筆机用の掛け布。源氏香図があしらわれているが、鏡花が尾崎紅葉にあやかって紋付等に用いた「紅葉賀」とは異なる図案である。
（左）母鈴の形見とされる印箱。引き出しの中には、たくさんの鏡花の雅印（下）が収められている。鏡花が関東大震災の時に持ち出したという小観音像（六十頁）は、この上に安置されていた。

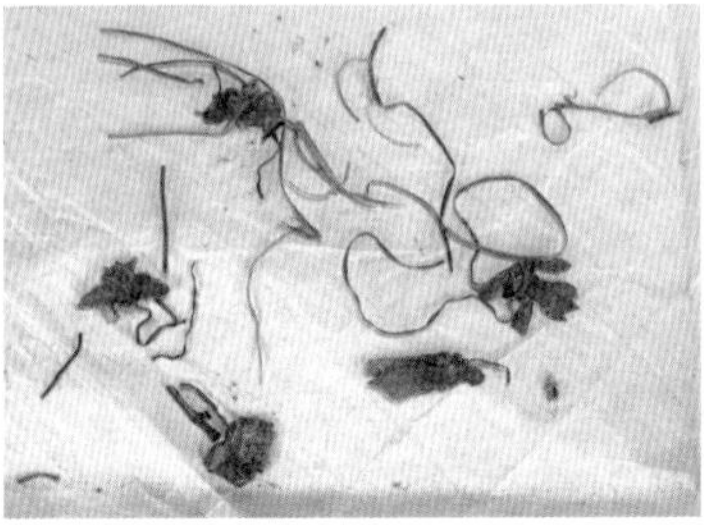

（右上）母鈴の形見の金唐革花模様の手函。長篇小説「由縁の女」では「此の手函は、人手に掛けず、欄干へ持出して、礼吉が自分で羽箒を当てる」と、鏡花をモデルとする主人公麻川礼吉が特に大切に扱う様子が写されている。母鈴の簪や書簡など、母の遺品の多くがこの手函に収められている。

（左上）同じく母の手函に収められていた菫の押し花。「一度故郷へ帰った時、向山の其の墓に咲いた、菫の花を余りゆかしくつて、摘んで来て、此の中へ入れて置いた」（「由縁の女」より）。「向山」とは、母が埋葬された墓地があった卯辰山の異称である。

（下）同じく手函の中に収められていたお守りの数々。「友人たちが旅行をすると、土産に贈る火伏、疫除、病気、蛇除、厳なるは雷除、優しいのは諸人愛けうの御守」（「由縁の女」より）。

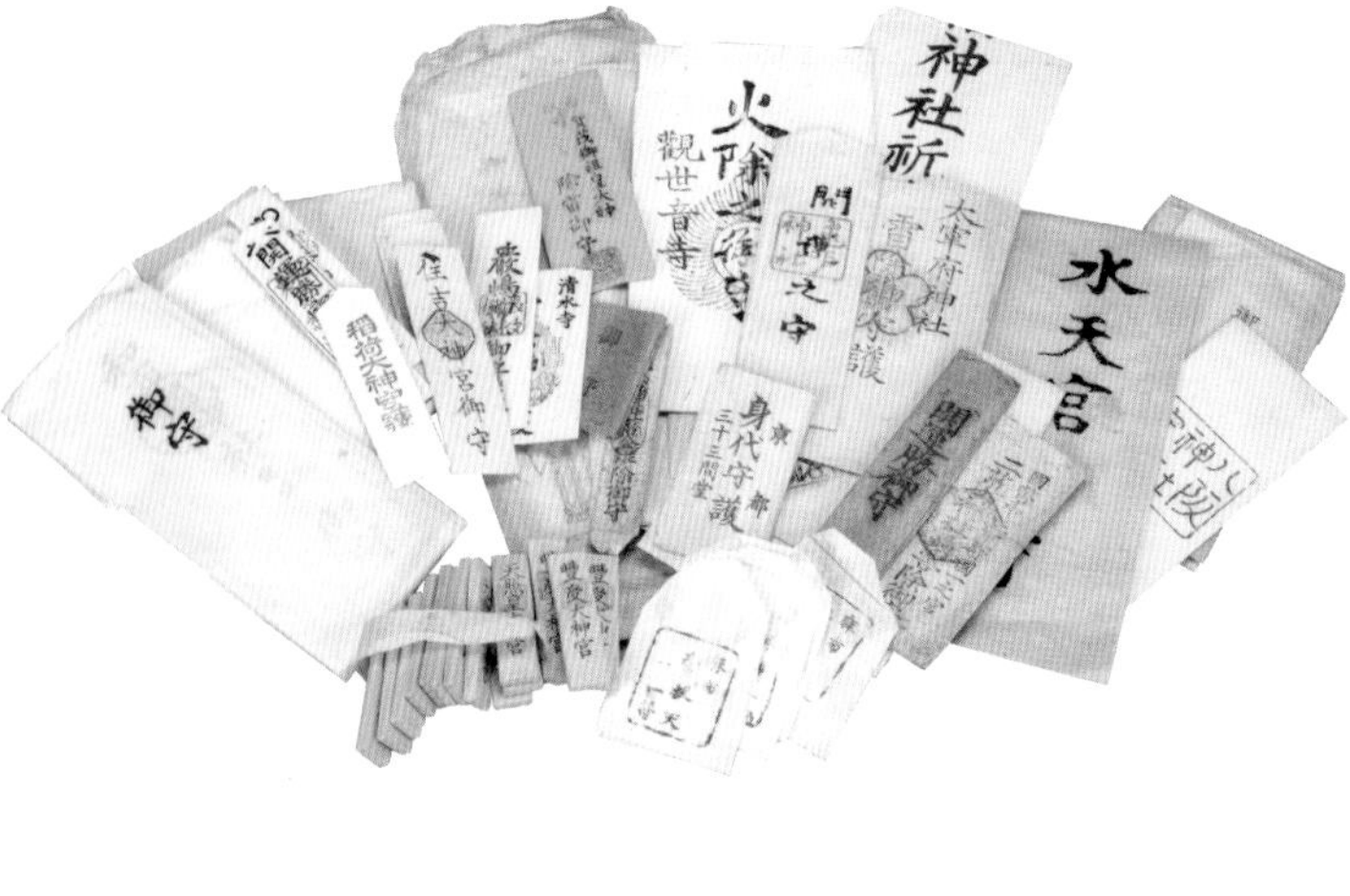

（上）水晶の兎の置物。執筆机横の飾り台に特に置かれていたことから、鏡花が大切にしていたことが分かるが、その形状から母の形見の水晶の兎とは異なると思われる。

（左）同じく飾り台に置かれていたブロンズの兎。動物彫刻家として知られるエドゥアール・マルセル・サンド（Edouard M. Sandoz 1881-1971）の作品。

コラム

書斎の変遷

三十年にわたる執筆活動の場であった番町の家二階の書斎は、年月を掛け、少しずつ鏡花愛用の品で満ちていった。現存する書斎写真の多くは室内の調度品の移り変わりのほか、大正十二年九月一日の関東大震災の約二か月後に鏡花が特に誂えたという摩耶夫人像が確認できるかどうかでおおよその変遷を辿ることができる。

（上）書斎の鏡花。小さな経机で執筆していた頃のもの。襖際の飾り台の上には小戸棚と中陰箱が置かれているが、硝子戸棚、摩耶夫人像は確認できない。現存する最も古い書斎写真と思われる。

（次頁上）春陽堂版『鏡花全集』巻十四の扉写真。小戸棚の上に摩耶夫人像の厨子が置かれていることから、大正十二年十一月以降の書斎写真であることが分かる。厨子が白木であることから、現在の黒塗りの厨子は泉家への納品後に用意されたものと思われる。

（次頁下）摩耶夫人像が黒塗りの厨子に納められて以降の写真。昭和十年撮影の写真では襖の唐紙が異なることから、それ以前の撮影と思われる。手前にあるのは、晩年から使用されたという、螺鈿細工の源氏香図があしらわれた紫檀の机。

コラム

鏡花の執筆風景

後年、原稿用紙にペン書きも増えたものの、執筆は和紙に墨筆を基本とした鏡花。四百字詰め原稿用紙に載せた薄い半紙に透ける罫線を手掛かりに、丹念に綴られた鏡花の和紙原稿は、下敷きそのままの余白が輪郭に残り、その几帳面さが伝わる。書き損じや推敲の際は、もとの筆跡がわからないよう、墨で真っ黒に塗りつぶした。

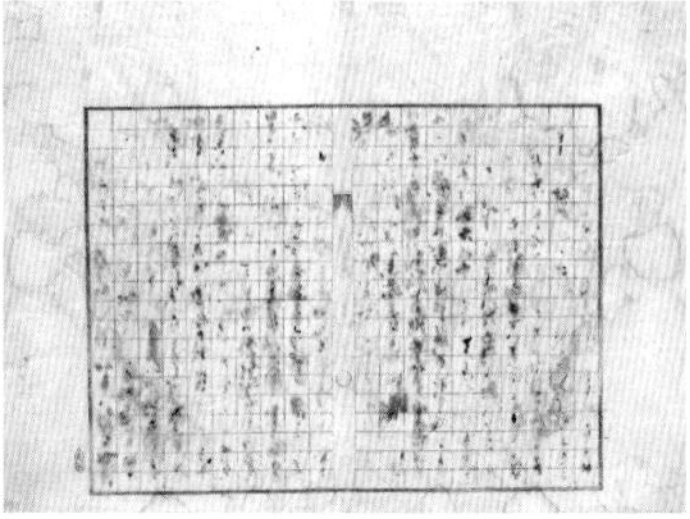

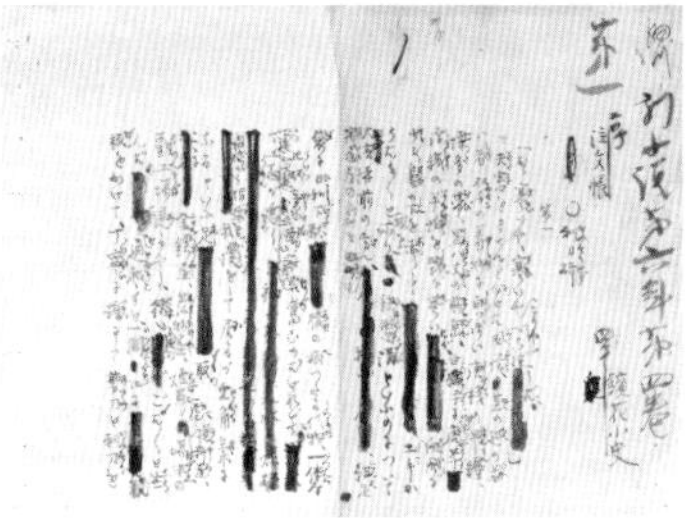

（上）半紙に毛筆での執筆時に用いた下敷き用の原稿用紙。（泉名月遺族蔵）
（下）鏡花の「註文帳」自筆原稿。下敷きの原稿用紙を思わせる余白が特徴である。（泉鏡花記念館蔵）

執筆中の鏡花（昭和二、三年頃）

二階書斎【北面】

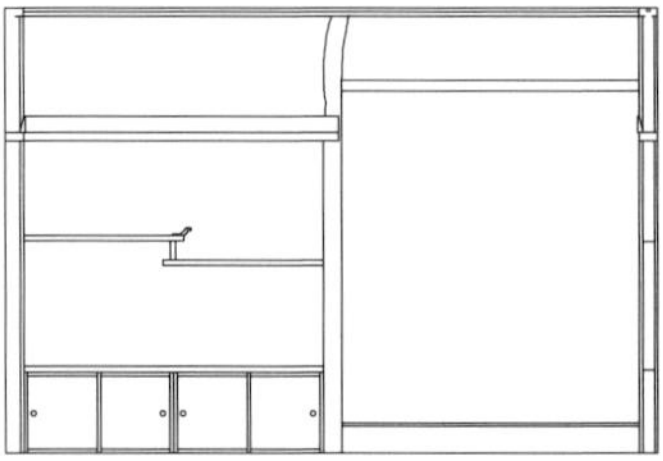

北面

床の間に掛けられた軸は、西園寺公望直筆の書。紅葉の墨跡やゆかりの画人の画幅が掛けられることもあった。

左側の違い棚の最上段には紅葉の遺影、右下の段には『紅葉全集』が飾られている。硝子戸棚の主な中身は、鏡花が蒐集していたことで知られる兎の玩具や置物。左側の壁には鳩時計と、鏡花が特に好んだ国貞の浮世絵が額装されて掛けられている。

来客は胴丸火鉢を挟んで床前に坐った。多くの写真に記録されてように、火鉢越しの鏡花の佇まいの印象が強いのか、同郷・同門の作家徳田秋聲との間に不和が生じた際、この火鉢を飛び越えて鏡花が秋聲を殴打したとする逸話（里見弴「二人の作家」）も生まれた。

書斎【北面】（渡辺義雄撮影）
（左）歌川豊国（三世）「絵兄弟　見立七福　弁財天」
三世豊国を名乗った歌川国貞（初代）の作品。中村福助（初代）を七福神に見立てて描かれた役者絵。鏡花は特に国貞画を好んだと言われ、本作は書斎に額装されて飾られていた。

（上）軸　西園寺公望筆「長楽」
雨声会出席時に色紙や短冊の持ち合わせがなかった鏡花が、自身の真新しい黒紋付の羽織の裏地の白羽二重に揮毫を願ったもの。鏡花はこれをほどいて表装を施し、軸物に仕立てて書斎の床の間に飾った。
（書斎北面写真参照）

（左頁）軸　尾崎紅葉筆

としく〳〵
鏡花に
硯を洗
はせて
若水に
三斗
ばかりも
墨すらむ
紅葉山人

鏡花が特に大切にしていたことで知られる師紅葉の自筆句。昭和九年開催の文芸追慕展覧会の際、この軸の出品を依頼した佐藤春夫に対し、鏡花は

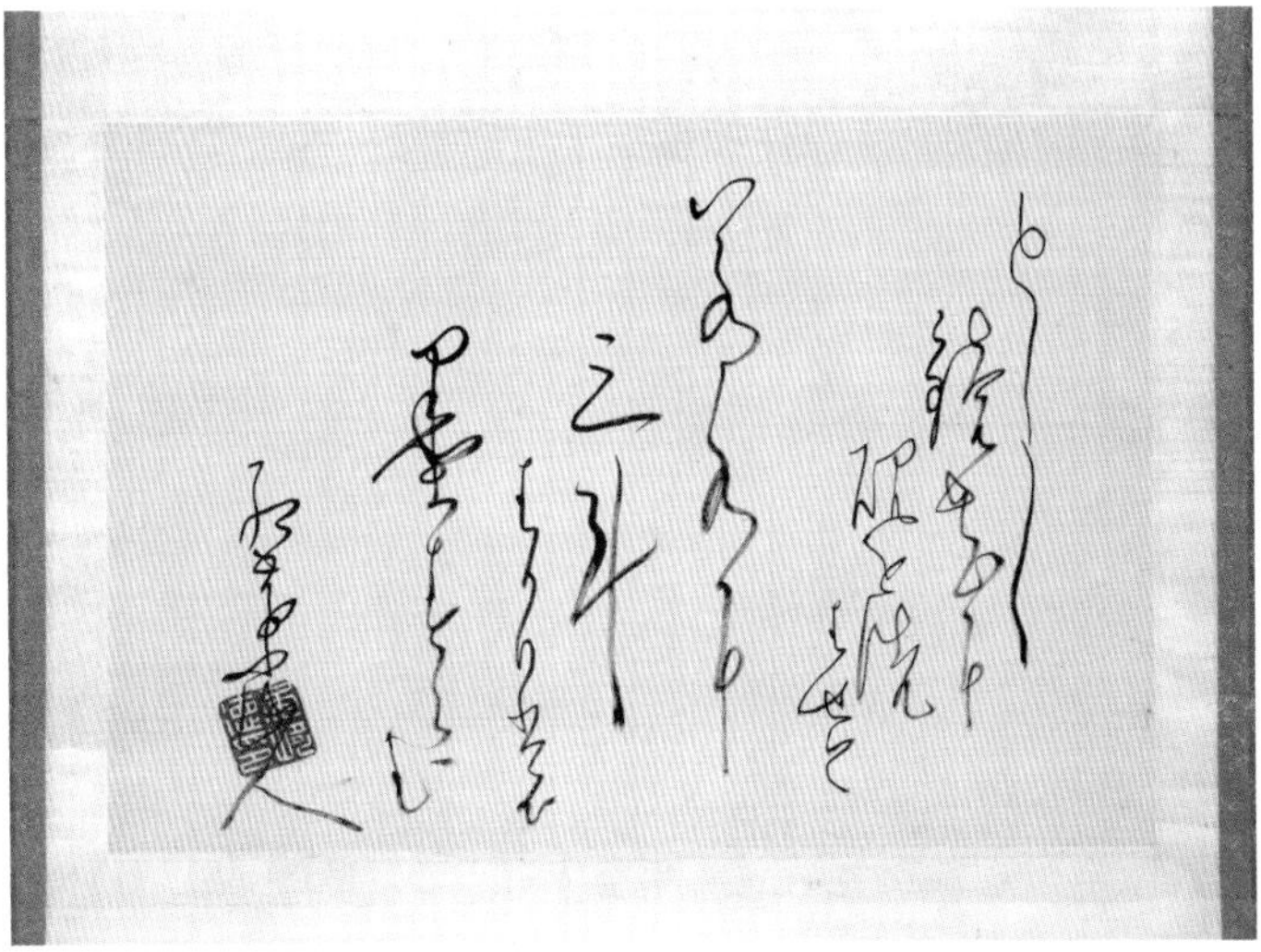

「お手を浄めたあと」に軸を取り扱うこと、また貸借は「全部貴公自分で事に当ってほしい」と条件をつけたとのエピソードが残っている。

（左）尾崎紅葉遺愛の品とみられる硯。すず夫人の筆跡で「紅葉先生のすゞり」との覚書が添えられている。（いずれも慶應義塾図書館蔵）

コラム

兎の蒐集品

鏡花は酉《とり》年でした。自分の干支から数えて七番目のものをもつとその人のお守りになるのだそうで、鏡花のおかあさんが子どもの鏡花に掌中《しょうちゅう》にのる水晶の兎をもたせてくださったのが、鏡花と兎の親身のはじまりです。

泉名月「羽つき・手がら・鼓の緒」

酉年生まれの鏡花が向かい干支にあたる兎のものを蒐集していたことは、周囲の人々にもよく知られるところであった。「東京日日新聞」紙上で「御自慢拝見」（昭和七年五月二十九日付）として紹介されたこともある。

雑誌「白樺」同人主催の第六回美術展覧会に来場した鏡花と初めて対面した後、里見弴に連れられ番町の泉家を訪ねた志賀直哉は、その時の印象を次のように記している。

その後、里見に連れられて一度、番町の家にお訪ねしたことがあった。二階の書斎兼座敷の床脇のちがい棚の真中に厚い紅葉全集が置物かなんぞのように、それだけ並べてあったのを覚えている。その他、兎の玩具が沢山あった。これは泉さんの酉歳から七つ目のもので、酉から数えても、卯から数えても互に七つ目で、その七つ目のものを集めていると云う事であった。

――志賀直哉「泉さん」(「文藝春秋」昭和十四年十月)

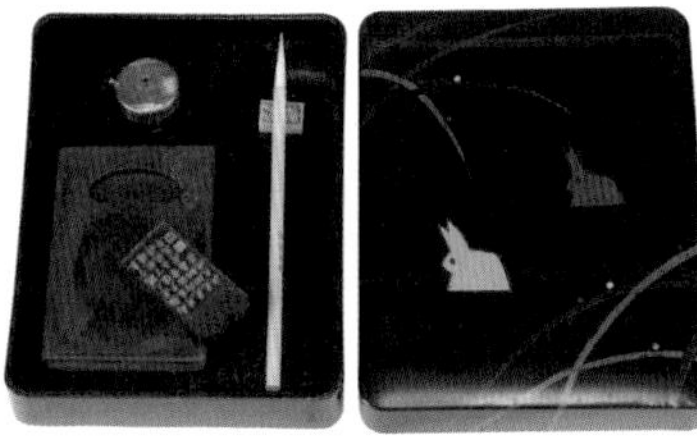

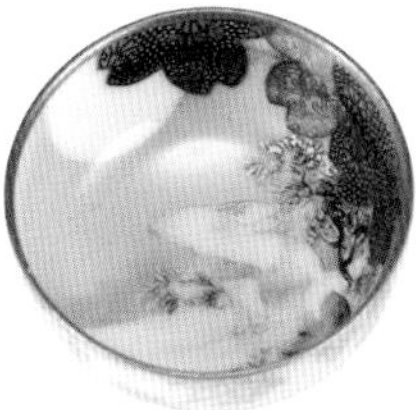

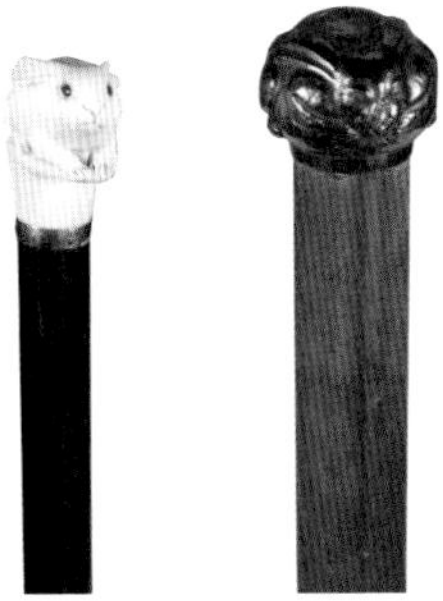

(上)蓋表に兎の意匠が施された硯箱
(中)月を眺める二羽の兎が描かれた九谷焼の盃
(下)兎の柄のステッキ
(いずれも泉名月遺族蔵)

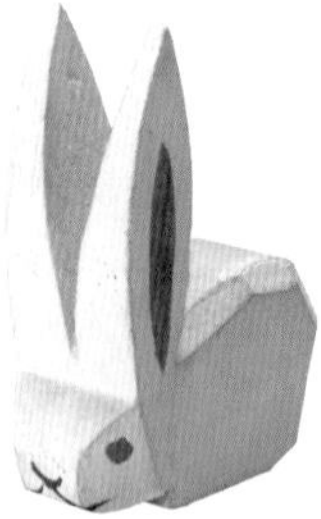

書斎の違い棚に飾られた兎の蒐集品。

慶應義塾図書館に寄贈された鏡花の蒐集品。各地の民芸品から輸入品まで、様々な形状の兎が泉家に集まった。右頁の兎型の手あぶり火鉢は、大森貝塚の発見者として知られるエドワード・モースのコレクション（江戸東京博物館蔵）にも類似品が見られる。

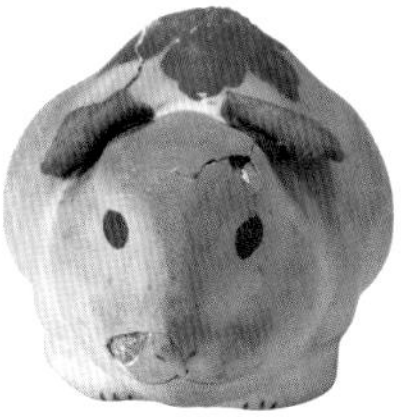

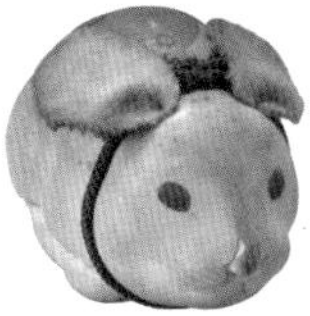

晩年の鏡花と兎の蒐集品。

（上）万古焼きの兎と鏡花（大正期）
泉家に残された鏡花の蒐集品。万古焼の大白兎は鏡花が特に愛玩したとされる一品。藤井浩佑作の象牙の小兎はすず夫人のお気に入りとされる。

二階書斎【西面】

家の裏側に当たる西側には、隣の四畳間の物干し台に並んで、花台が設置されていた。鏡花は草花を好み、知人から送られた玉川の野草などを植え、四季の移ろいをたのしんだ。

草花は好きだつたが、番町の家は、あまりに庭がせまい。で、二階の物干台の上に一杯の草花の鉢が並べてあつて、二階に上つて本などを読む合間〳〵に、飽かず眺めてゐるのだつた。

——寺木定芳「鏡花の一日」(『人、泉鏡花』)

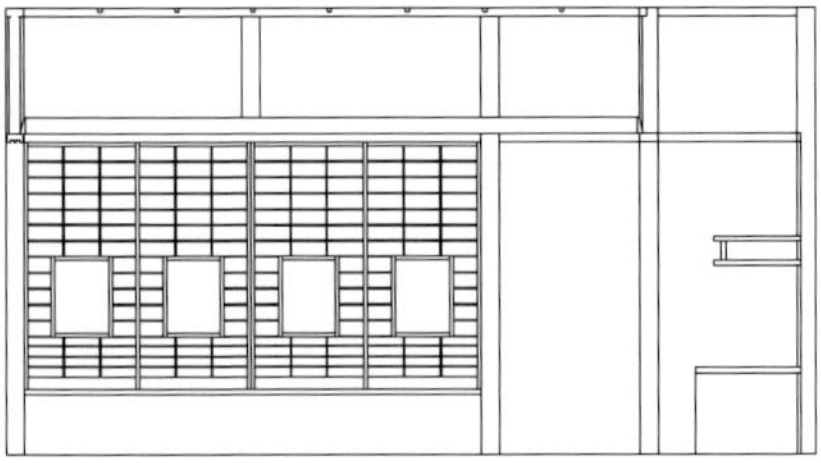

西面

逝去数日前、奥さんが二階の物干台に
沢山並べてある鉢物の中から、
可憐に咲いた露草一茎を摘んで、
先生に見せたら、とても喜んで、
あかず眺めてゐられたさうだ。
逝去後枕頭においた手帖を見ると、
其の日が最期で、鉛筆のみだれ書で、
　露草や赤のまんまもなつかしき
としるされてあつた。

――寺木定芳「鏡花と下六番町時代」（『人、泉鏡花』）

（上）鏡花の一周忌の記念品として制作された文箱の図案（小村雪岱画）。蓋表に赤い目の白兎、蓋裏に鏡花の辞世の句にちなんだ露草と赤まんまが蒔絵で施された。
（左）雪岱による図案の草稿（ともに泉名月遺族蔵）
（下）合巻『偽紫田舎源氏』の表紙（歌川国貞画）を貼り交ぜた屏風。（六曲一双）（慶應義塾図書館蔵）

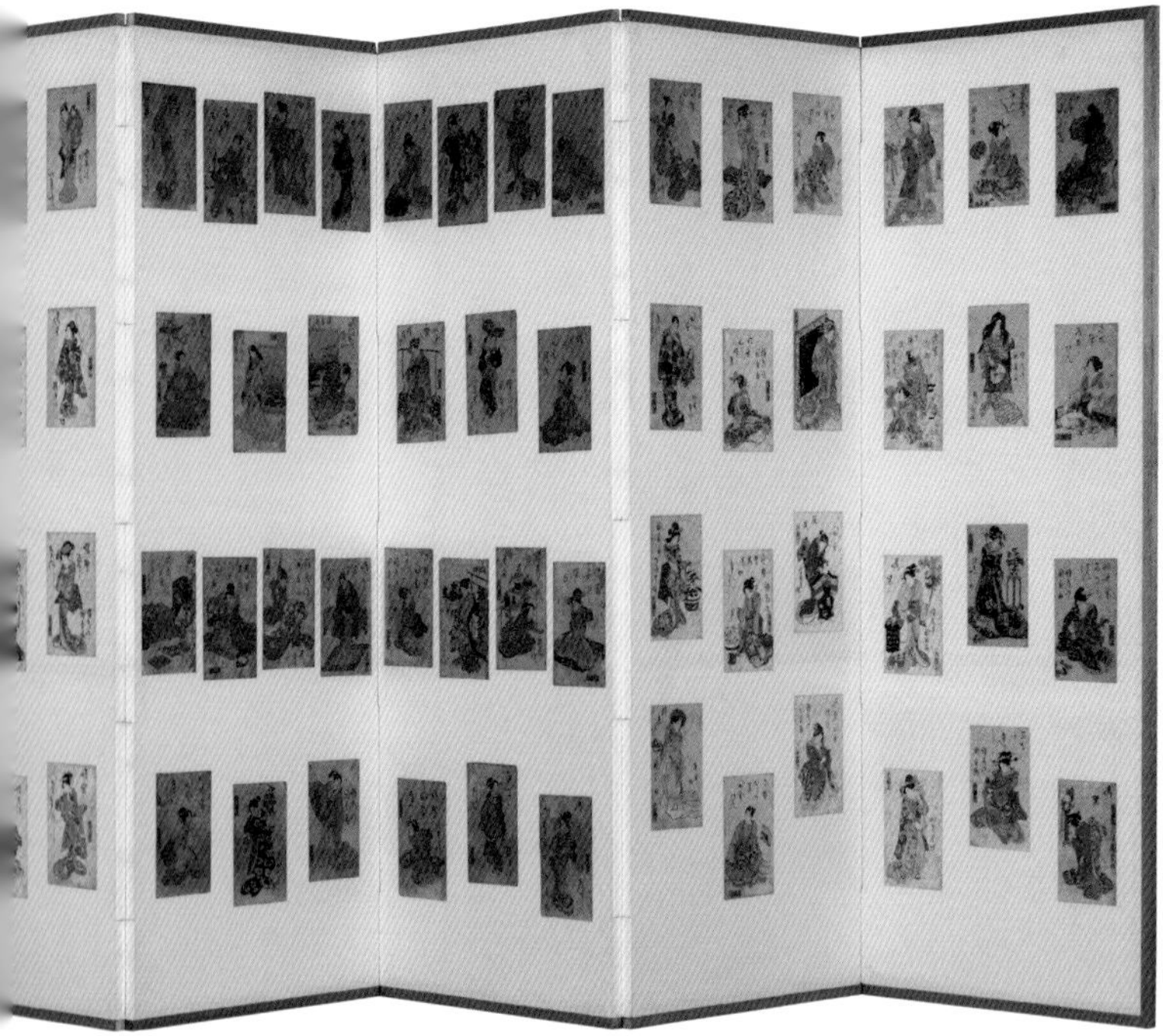

先生は六番町の家に三十年以上も住んだ。それ程此の家が住心地のいゝ大した家かといふに、決してそんな家ではない。よくある普通の二階家で、玄関を入つて二畳《ママ》、次が四畳半と八畳、台所の側に女中部屋兼台所への通路みたいな三畳《ママ》がある。二階が八畳と四畳半《ママ》。一寸聞いたゞけでは六間もあつて相当のやうだが、中廊下もない、戸外に門もない、茶の間の出窓がいきなり往来に開いてゐやうといふ、貸家向の家だ、唯、周囲の環境が如何にも閑静で落着きがあり、それでゐて出入りに電車もバスも頗る便利ときてゐる。先生が三十何年茲へ坐つて貧乏ゆるぎもしなかつたのは、その家に対する好感よりは此の土地の格と四遠の静けさに対する愛着だつたのだ。二階八畳が書斎で、次の四畳半が執筆中の一やすみ、といつた控の間。其処に一台之は先生には珍らしいベッドがおいてあつた。それは里見君からの贈物で、立派な源氏香の図の定紋付といふもので、其の上で横になり、すきな漢籍などをひもとく午後もあつた。

——寺木定芳「鏡花室」（『人、泉鏡花』）

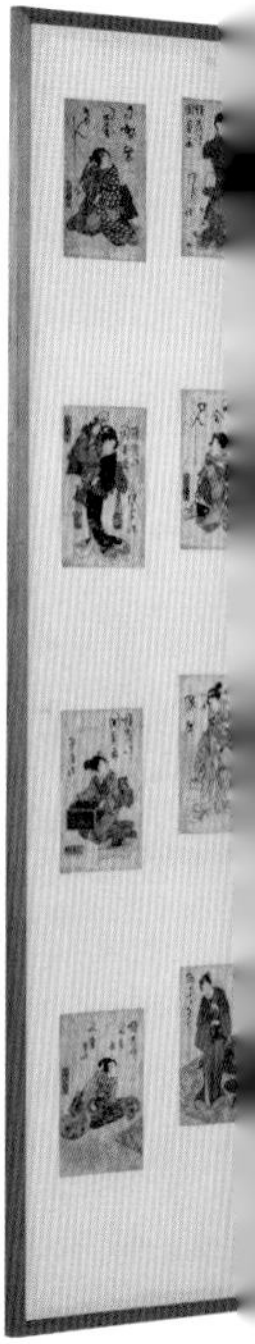

先生亡くも先生の文学が永久に生きてゐる事は
誰でも知つてゐる事だ。
然《しか》し番町の先生の家では先生其の人が、
今でも逝去前其の儘《まま》に生きて毎日の暮しをしてゐる。

——寺木定芳「鏡花と恋愛」(『人、泉鏡花』)

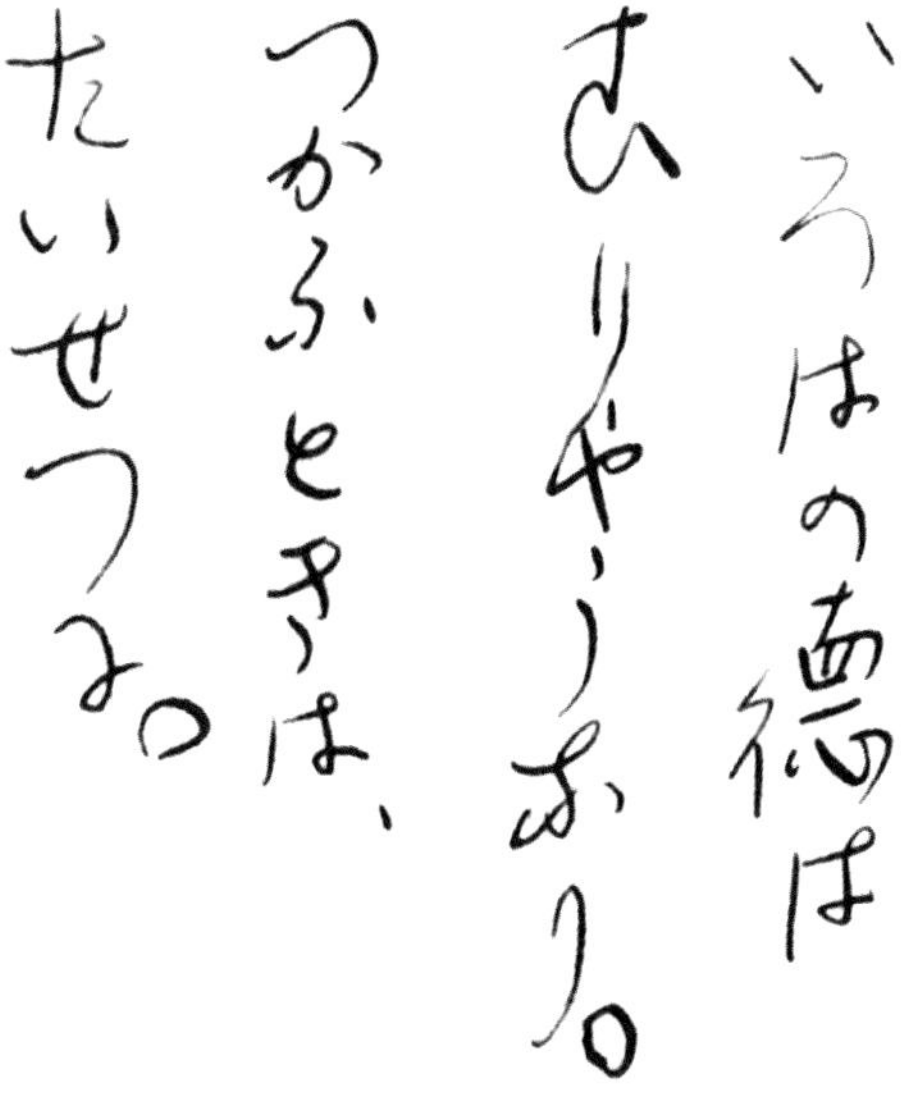
いろはの徳は
むりやうなり。
つかふときは、
たいせつに。

いろはの徳は
むりやうなり。
つかふときは、
たいせつに。

鏡花没後に書斎の引き出しから発見されたもの。すず夫人は鏡花からの遺言と受け止めたという。(泉名月遺族蔵)

評伝
人と文学

泉鏡花研究会 編

金沢時代

明治六年十一月四日、金沢市下新町二十三番地に生る。名は鏡太郎。父は清次、政光とて、金属の彫工なり。母は鈴、江戸下谷の出生、葛野流の鼓の家、中田氏の女にして、能楽師松本金太郎の小妹。金太郎は中田の家を出でて、松本の養子となれるなり。

（「自筆年譜」昭和三年）

のちの日本近代浪漫主義の大家・泉鏡花は、明治六（一八七三）年、金沢市の北東、女川の異名を持つ浅野川に程近い下新町《しもしんちょう》で、加賀象嵌を生業とする泉清次の長男として生を受けた。間口三間、約十九坪の二階家であったという生家には当時、清次・鈴《すず》夫妻と清次の両親で仕立て職・和泉屋庄助夫妻のほか、鈴の両親で葛野《かどの》流大鼓方・中田豊喜夫妻が二階に身を寄せ、起居していた。中田豊喜（本名万三郎・三代目中田猪之助）は江戸詰めの前田家御抱能楽師であったが、慶応四（一八六八）年夏、幕藩体制の崩壊による国許帰還の命に従い、妻と長男惣之助夫妻、そして当時十四歳であった娘鈴を伴い金沢に移住した。つまり維新の混乱がなければ、のちの鏡花の誕生もなかったことになる。清次と鈴の婚姻がどのような縁によるものかは明らかになっていないが、当時金沢一の殷賑を極めた尾張町の北側に並行する裏町・新町界隈は、藩政期には和泉流の野村万蔵が代々住まいし、豊喜とも交流の深い葛野流大鼓方・四代飯島六之佐も一時居住したという、能楽と縁の深い町であった。

鈴が泉家に嫁いだのは明治四（一八七一）年頃とされる。前田家が御手役者への扶持を打ち切ったのは明治五年であるから、鈴の両親の同居の背景もおのずと知れよう。泉家では江戸育ちの花嫁を喜び、清次の母きては鈴のためにわざわざ江戸風に結える髪結いを探したと伝えられるほどだが、それは不運の能楽師一家に対する泉家なりの思いやりであったかもしれない。豊喜は扶持を打ち切

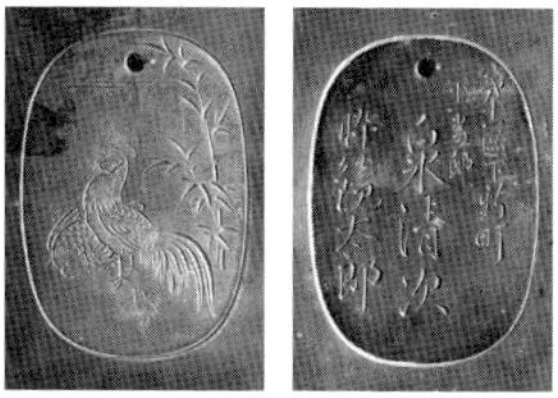

（上）父清次（一八四二－一八九四）と幼少時の鏡花。清次は加賀藩御用白銀細工職人を代々継いできた水野家7代源六の弟子で、工名を政光と号した。明治十四年の第二回内国勧業博覧会では銅製香炉を出品、褒状を受けている。
（下）清次が鏡太郎（鏡花）のために彫ったとされる迷子札。

られた後も能楽師として舞台上にあり続けたが、かつての御手役者として落魄《らくはく》の思いはぬぐい去れるものではなかったであろう。のちに長女他賀に続いて生まれた次男豊春も、豊喜の名から一字が取られていることを考えれば、泉家の初孫の名に「鏡」の字が用いられたのも、母鈴やその姉妹とされるきん（金）にゆかりの名をつけることで、中田家へのせめてものなぐさめとしたようにも思われる。

　こうして鏡太郎は、自ら「自筆年譜」に記したように、宝生流シテ方で明治能楽界の重鎮であった母方の伯父・松本金太郎の存在もあってか、父に連なる金沢人の血以上に、母から受け継いだ江戸育ちの能楽師の血脈を意識するようになる。母や健在であった頃の中田家の親族から伝え聞いた話も強く印象に残ったのか、小説「笈摺草紙《おいずるぞうし》」では、鏡花自身が知る由もない、出生以前の中田家金沢帰還の様子が克明に描かれている。

　そんな鏡花にとって鈴の早すぎる死は、のちの作家人生も含めて、彼の生涯に大きな影響を及ぼすこととなる。明治十五年十二月二十四日、同月三日に次女やゑを出産したばかりであった鈴は、二十八歳の若さでこの世を去った。鏡太郎満九歳。生家を舞台とする彼の作品には、祖父母亡き後の二階八畳間を病床とし、窓から浅野川対岸の卯辰《うたつ》山を眺める鈴の姿がしばしば写されている。鈴は死後、その山の共同墓地に埋葬された。城と向き合うために土地の人々から向山とも称された卯辰山は、郷里金沢を舞台とする鏡花の「金沢もの」と呼ばれる作品群において、母なる山として重要な意味を持つ。

　鈴の死後、女手を失った清次は生まれて間もないやゑを他家に養女に出し、年老いた母に遺された子どもたちの世話を託した。後妻を迎えてはみたものの、長男鏡太郎がなじまず、ほどなく離縁した。明治十九年には長女他賀が養女に出された。

　そのような日々のなか、父に連れられて訪れた産育の祈願寺として知られる行善寺（現白山市成《なり》）の摩耶夫人像に亡き母の面影を重ねたこともあり、鏡太郎にはいつしか将来の作家人生にも繫がるある情動が芽生えていた。「亡母憧憬」と呼ばれる、彼の生涯を貫く強く深い女性思慕である。養成小学校卒業後に通った一致教会派のミッションスクール・愛真学校で出会ったアメリカ人教師ミス・ポートル、祖母きての実家である針の老舗、目細家の跡取り娘であった又従妹《またいとこ》の目細てる、そして近所の時計商の娘・湯浅しげ。鏡花作品に繰り返し登場するこれらの女性たちへの思慕は、後に「金沢もの」の集大成といわれる長編小説「由縁の女」に集約されることとなる。特に鏡太郎の初恋の女性として知られる湯浅しげは、鏡花作品に追い求められる永遠女性の象徴としての位置を占めていくが、しばしば亡き母に重ね合わせて描かれる彼女のイメージに、彼が描く恋愛という名の思慕の行方が表れている。

しかし、これらの情動がそのまま彼の創作意欲を掻き立てたわけではない。鏡太郎と文学的なるものとの出会いは、その「自筆年譜」に「母に草双紙の絵解を、町内のうつくしき娘たちに、口碑、伝説を聞くこと多し」と記された通り、母が江戸から持参した数々の草双紙や、語り継がれた伝承の類いであり、その様子は瓦解後の明治九年に再遷宮され、彼の幼少時の遊び場となった氏神・久保市乙剣宮や付近の芝居小屋など、往時の下新町界隈を舞台とする彼の自伝的小説「照葉狂言」に最もよく写されているが、その後も第四高等中学校受験を志して通った金沢市内の私塾で馬琴の読本や坪内逍遥作品に触れたものの、これらは彼を創作へと突き動かすには至っていない。結局、四高受験は失敗したが、つれづれを癒すためか、友人の下宿や貸本で読みふけったあまたの書物のなかに彼の運命は待っていた。明治文壇の雄・尾崎紅葉。「明治二十二年四月、友人の下宿にて、初めて紅葉先生の、『いろ懺悔』を読む。庭に桃桜咲き、隣に織の梭の音、鼓の調子に似て聞えたり」（「自筆年譜」）と後にその感動を記した鏡花は、さらに辰口鉱泉の伯母のもとで「読売新聞」掲載の紅葉作「夏痩《なつやせ》」（明治二十三年）に触れ、小説創作の念に堪えず二、三の小説を試作するに至ったという。こうしてようやく自らの情動の発露を見出した鏡太郎が、紅葉の許を目指して郷里を後にするのは翌二十三年のことである。

（文＝穴倉玉日）

湯浅しげ（一八七一－一九四九）は鏡花より二歳年上の幼なじみ。久保市乙剣宮の向かいにあった湯浅時計店の娘で鏡花の初恋の人といわれる。「一之巻」の秀、「照葉狂言」のお雪、「由縁の女」のお揚といった作品中の登場人物はしげの面影をうかがわせ、鏡花はしげに生涯を通じて憧憬の念を抱きつづけたことを思わせる。

鏡花の又従妹《またいとこ》である目細てる（一八七四－一九三五）は、「目細針店」（現目細八郎兵衛商店）の娘。又従妹でありながらまるで実姉のように助けたという、母を亡くした鏡花にとってはまさに気の置けない存在だった。「さゝ蟹」のお京、「卵塔場の天女」のお悦のモデルとされていて、勝気で俠気溢れるその姿は、実際のてるそのものだったといわれる。

論考

父清次の功績

文＝種田和加子

泉鏡花の父清次（天保十三－明治二十七年）は多くの職人と同様に明治維新によって加賀藩という支柱を失ったわけだが、同時にその後の「殖産興業」を目指す内外の博覧会時代を漕ぎ抜いた職人であった。第二回内国勧業博覧会（明治十四年）に香炉と壺を出品、香炉は褒状を得た。[*1] また、ドイツのニュルンベルクの金工万国博覧会（明治十八年）、さらに明治二十六年のシカゴ万博などにもその技量を発揮したことは知られている。彫金師であった彼の業績をつかむ糸口は近年少しずつではあるが見いだされようとしてきている。

折しも、鏡花生誕一五〇年を迎える本年、慶應義塾大学三田メディアセンターに所蔵されていた鏡花の遺品のなかで、初めてみることができたものから判明した事実もある。まず、図版［1］の小柄である。蘆と雁の取り合わせを銅に彫金したいっけんペーパーナイフのようなものであるが、裏側に彫られた銘は、「和泉政久」であり、花押が施されている。我々は、鏡花自身が、「父は清次、政光とて金属の彫工なり」と春陽堂版『鏡花全集』の自筆年譜に記していることからも、清次は七代目水野源六（光和）に師事し、水野家代々の工名の一字「光」を踏襲していたことはよく知っている。では、「和泉政久」とは、誰を意味するのか。これもまた、清次の工名の一つなのである。

博覧会関係の重要な資料である『明治期万国博覧会美術品出品目録』（東京国立文化財研究所編[*2]）に記載されている明治六年ウィーン万博の「花器」（出品目録番号四七七）に関する記載として「中等砂鉢　唐銅　角形・海士《ママ》ノ図一本」とあり、作者が「加賀金澤・山尾侶延弟子和泉政久」となっている。「海士ノ図」とは、謡曲の主題としてよく知られるものである。ウィー

図版［1］新たに確認された象嵌細工が施された小柄の柄の裏側。銘「和泉政久」と花押が確認できる。（慶應義塾図書館蔵）

ン万博に際し、金沢からは山尾次六（侶延）が上京して大蔵省より「砂鉢三個」などの注文をうけており、清次は「彫」をうけもったという記述があることは、[*3]山崎達文によって翻刻された「金沢銅器製造元記」に詳しい。さらに石川県立美術館より発行された『工芸作品と図案―創造への思考―』（平成十一年一月）には、「海士の図」の花器の写真ともにその作者の裏銘の一部が「山尾侶延長男侶之（花押）」であることが解説されている。清次＝政久も制作したであろう花器である。このような資料によって、和泉政久は清次である可能性は高かったが、今回、鏡花の遺品のなかに「和泉政久」の銘の彫られた小柄があったことは和泉政久が清次であることを裏づけるものである。なお、山尾侶延は、ウィーン万博に、「蛇牡丹紋石昌鉢」（出品番号四八六）を制作しており、ハンブルク装飾美術館に収蔵されている。清次の師匠については、早くに今井一良が「米沢文書」（大正十一年、清次と親しい職人米沢清左衛門の覚書）に基づいて行った考証がある。[*4]それによれば侶延とは、初代次六（侶久、延久ともいう、文化十二－安政三年）のあとを継いだ二代目山尾次六のことであり、今井は、彼の没年（明治十年、五十七歳）からみて、二代目侶延の弟子が清次である、とみていた。「海士の珠取り」の物語世界は鏡花の代表作「歌行燈」（明治四十三年）に生かされ、まさに清次と鏡花は彫金の意匠を介して結びつくのである。清次は、初代山尾次六の工名から「久」の字を得て、銘を切って

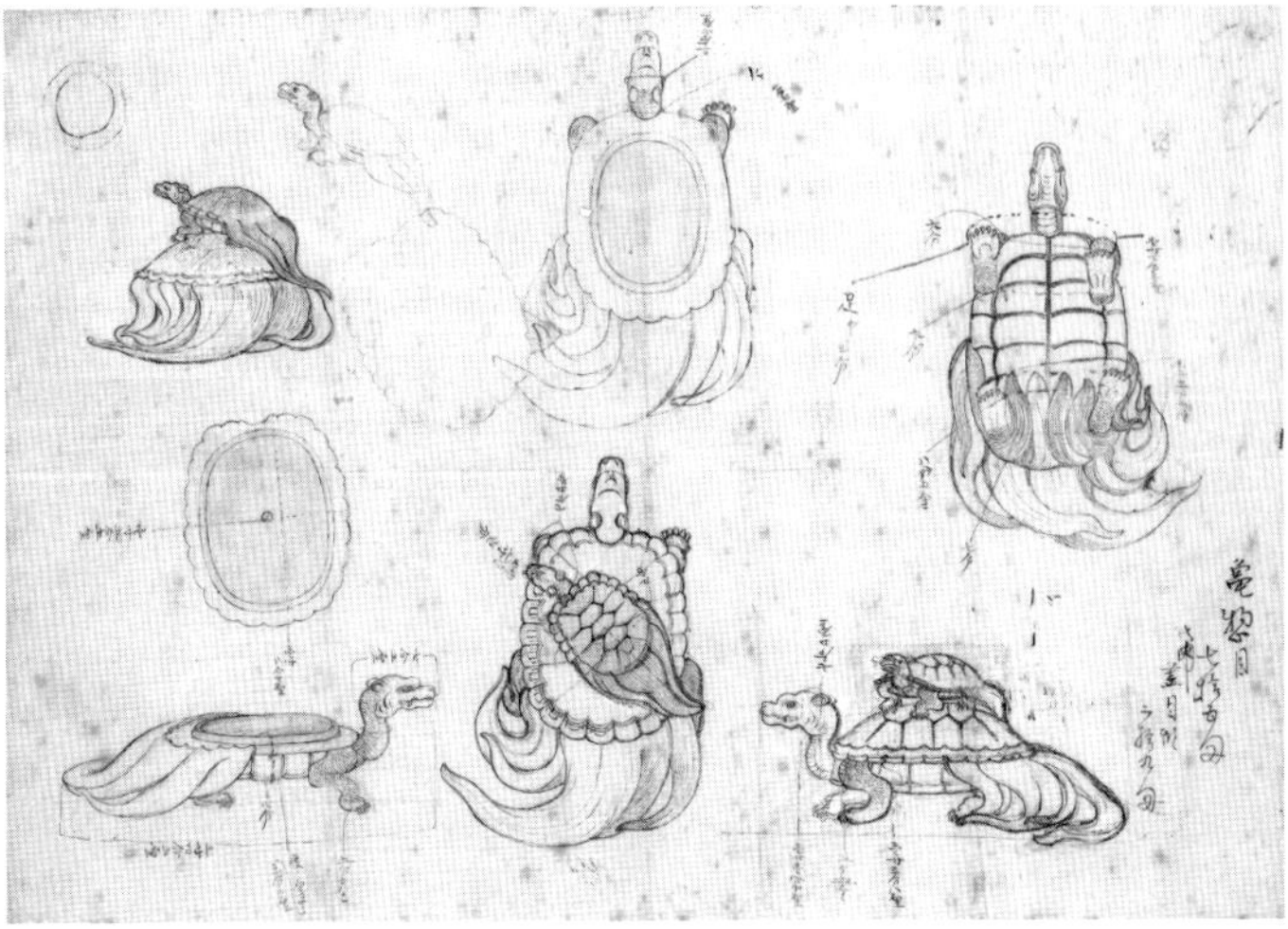

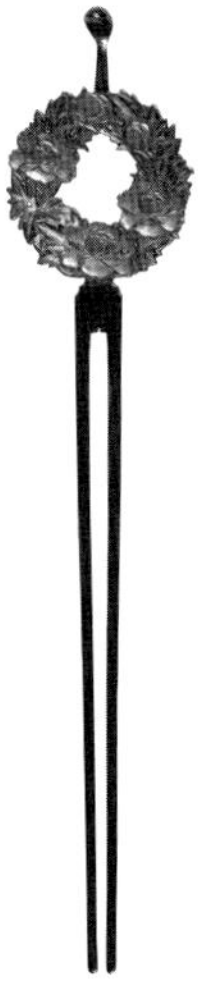

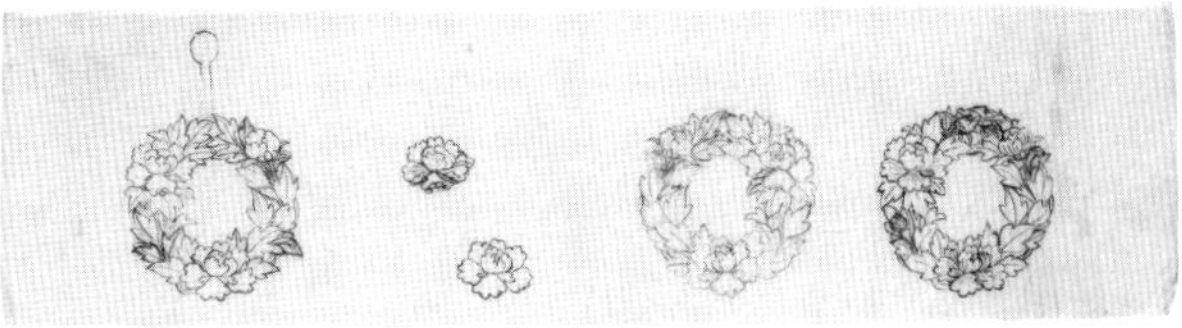

（上）図版［2］清次による「亀惣目」の図案（慶應義塾図書館蔵）
（下）図版［3］清次作とされる鏡花の母鈴の簪と図案（慶應義塾図書館蔵）

いたのであると推測される。

九十七頁の図版［2］は、「亀惣目」という図案である。すでに『新潮日本文学アルバム泉鏡花』にも記載されているものであったが、今回和紙に着色されているこの図案を手にとることで、ここには親亀、子亀についての寸法の細かい記載があることがわかった。『加賀金工大鑑』[*5]に、加賀金工の「小道具の下絵、並に、模型は、原寸大に作成されております」とあるように実寸大のものであろう。この図案は鏡花の父清次をモデルとした初期作品「聾の一心」（原題「亀の細工」、明治二十八年一月）の細工物の意匠についての描写を容易に連想させるものである。この図案から泉名月氏が回想する[*6]蠟型が出来上がったのだろう。

> 一個の這《は》ふ亀の背に、其子と覚しきが負《お》はれたり。負はれたる亀の児は水より這出《はひい》でたる状《さま》なれば、其尾の未だ水気を帯びて垂下《すいか》せる趣を表さむため、殊《こと》に意匠を尽《つく》せりとか。水の垂る如き細工振なり。唯指をもて試みたりし蠟型だに斯《かく》の如し、鏨《たがね》を以て造り出ださむには恐らく古今の霊物ならむ。

鏡花はもしかしたら、この図案、あるいは蠟型を念頭において描写したのかもしれない。

図版［3］は、春陽堂版『鏡花全集』十五巻巻頭の鏡花の言葉「父が刻みし平打の簪、牡丹一枝、ゆかしき人のさしけるが、いまわがもとにあり」で知られる簪とその図案である。簪は知られていたが、図案との一致を今回みることができた。やはりこれも実寸大である。牡丹の花の繊細なスケッチから、金沢金工職人に共通する清次の描画力、デザイン力がうかがえる。清次が工芸図案推進のために設置された蓮池会[*7]に応募し、明治十九年に三等賞の賞状を得ていたことも想起される。

　このように豊かな鉱脈を宿していると思われていた清次の歩みは実物が見いだされることでその確証が得られ、今後専門家による一層の分析・解明が待たれる。

＊1　種田和加子「泉清次と泉鏡花――博覧会の時代――」藤女子大学文学部紀要第53号、（平成二十八・二）

＊2　中公公論美術出版（平成九・三）

＊3　山崎達文「金沢銅器会社研究（一）――史料紹介『金沢銅器製造元記』」（『金沢学院大学紀要』文学・美術編第4号、平成十八・三）

＊4　今井一良「泉鏡花と井波塾をめぐって」（『石川郷土史学会々誌』第21号、昭和六十三・十二）

＊5　『加賀金工大鑑』（日本美術刀剣保存協会石川県支部発行、昭和五十八・七）

＊6　泉名月『鏡花幻想譚』第一巻（河出書房新社、平成七・三）「砕けた鋳型」によると、「清次の道具箱からいくつもの破片に砕けた親亀子亀の彫金の鋳型がでてきた」とある。

＊7　山崎達文「近代工芸の黎明」（『金沢の近代工芸史研究』金沢美術工芸大学美術工芸研究所、平成七・三所収）のなかで「蓮池会」について、官僚主導の「龍池会」（東京、明治十二年）に因んで、明治十三年に金沢の美術振興のために設置されたとの記述がある。

紅葉入門——新進作家時代

明治二十三（一八九〇）年十月末、紅葉入門の志を抱いて上京した鏡花は、湯島女坂下に住んでいた済生学舎の医学生（福山某）の居候《いそうろう》となるが、下宿料滞納騒動に巻き込まれ、麻布、浅草、本郷、湯島など、友人の下宿を転々とする貧窮彷徨の一年を送っている。二十四年夏には、医学生について鎌倉乱橋の妙長寺で一夏を過ごしたこともある。自己像幻視を描く「星あかり」は、深夜、由比ヶ浜をさすらったこの頃の体験によるものであろう。九月には湯島に戻るが、白地の単衣一枚の惨めさに、辰口の伯母（伯父中田孫惣の未亡人・千代）に無心し、従姉妹の簪《かんざし》を売った五円為替を送られるものの、借金の多さに使途の合議がまとまらず、面倒になって破り捨てたという。

牛込横寺町の紅葉門を敲《たた》くのは、満十八歳を目前にした明治二十四年十月十九日。医学生の縁故で紹介状を得、帰郷する最後の記念に訪れた。硯友社を統率し、明治文壇に不動の地位を獲得していた紅葉は二十三歳、三月に夫人喜久を迎えた新婚当年だった。何度も夢に見たその顔は、初めて会うのに懐かしい。感涙する鏡花に紅葉は「お前も小説に見込まれたな」「明日からこい」と、傍の原稿紙に「鏡花」の号を無造作に書いて渡した。翌日から内弟子となり、接客、掃除、墨摺、清

尾崎紅葉（明治二十七年撮影）。慶応三（一八六八）年生まれの紅葉と鏡花はわずか五歳の差の師弟であったが、鏡花にとって紅葉は圧倒的な存在であった。

明治三十一年二月、二十五歳の年の鏡花

母・鈴の実妹、中田きん。

書等々を手伝い、毎月五十銭の小遣いを貰った。「自筆年譜」によれば、食欲・性欲ともに乏しく、愉しみは煙草のみ。紅葉の庇護のもと「虫もつかずに暮らし」た玄関番時代だった。

明治二十五年夏には、宝生流松本家の養子となった伯父の金太郎を神田猿楽町に訪ねている。亡母の末妹（中田きん）が身を寄せていると知り、叔母に会いたさに駆けつけたのである。東都で一、二を争う能楽の家には立派な舞台も設えられており、「自分のうちと思うて甘えにこい」「なぜ早く来てくれなかった」という伯父の問いには返答に困った。紅葉も金太郎を知っており、「松本か、よいおじさんだ」と褒められたと清次宛書簡に書き送っている。

入門一年後の十月には、鎌倉を舞台とする「冠弥左衛門」が「漣《さざなみ》山人閲・泉鏡花著」の署名で京都「日出新聞」に連載される。巌谷小浪から紅葉に相談があり、鏡花に場所が与えられた。読者の評判は芳しくなく、中止を求める投書も相次いだが、紅葉の擁護で継続。「活人形」「金時計」とともに、泉鏡花の署名で生前の清次に見せることの出来た作品である。

明治二十五年十一月十日、金沢の「味噌蔵町焼け」の大火で生家が全焼し、一家は祖母きての実家の目細家に身を寄せた。鏡花は急ぎ帰郷するが、年末には大雪のなか、難所の春日野峠を越えて上京した。清次宛書簡に見るに、二十六年五月から七月にかけて、生家の新築再建と並行し、叔母の中田きんを清次の後妻に迎える縁談が進められている。きんは鏡花にとって母の「再来」のような存在だった。慶事は鏡花を喜ばせたが、運命は苛酷である。その冬、清次は体調を崩し、明治二十七年一月九日、五十二歳で亡妻のもとへ旅立つ。あとには祖母きてと、七歳年下の弟豊春が残された。急ぎ帰郷するが、生計の見込みは立たない。無力感に嘖《さいな》まれ、金沢城の百間堀に佇んだこともある。この時期執筆された「鐘声夜半録」の原稿に「死を喜ぶ」感情を読みとった紅葉は、三円為替とともに「汝《なんじ》の脳は金剛石なり」「天下の大富人、何ぞ不老不死の薬を求めて其寿を延べ、其の薬を窮めざる」と叱咤激励の手紙を送っている。日清戦争で出版界も不況だったが、逆境を脱する道は文業にしかない。祖母の励ましを受けて、九月、海路、直江津経由で再上京した。

同年の秋、紅葉の丹精込めた改稿を経て、十月に「予備兵」、十一月に「義血侠血」が、「読売新聞」に「なにがし」の署名で連載された。この二作は、翌年十二月、川上音二郎一座により「瀧の白糸」の外題で舞台化される。この無断での上演に紅葉が抗議することで、紅葉・鏡花の合作であることが世に知れ、鏡花の文名に華を添えることになるのである。

明治二十八年二月、鏡花は三年半を過ごした紅葉宅を出て、小石川植物園に隣接する戸崎町の大橋乙羽宅に移る。乙羽が主任を務めた博文館の「日用百科全書」の編纂に従事し、定収を得るためであった。四月、博文館の「文芸倶楽部」に「夜行巡査」を発表。資本主義社会の矛盾や下層社会の悲惨な現実に目を向けた新しい小説が要請された時期で、「青年文」主筆の田岡嶺雲は、川上眉山や樋口一葉とともに新人鏡花に注目した。六月には「外科室」が「文芸倶楽部」の巻頭を飾り、「国民之友」「早稲田文学」「帝国文学」等で褒評される。好敵手と目していた一葉との交友も生じた。新進作家時代の始まりである。

　同月に鏡花は、脚気療養と祖母の見舞いを兼ねて帰郷する。十月には戸主を相続して弟の豊春（明治十三年生）を伴い上京。十二月には下新町の家を売却し、翌二十九年の五月には、小石川大塚町に長屋を借りて、翌月郷里の祖母を東京に迎えた。笹川臨風（一八七〇－一九四九　評論家）はじめ帝大生との親交が始まるのは、この前後のことであろう。郷里の友人吉田賢龍が本郷の帝大寄宿舎におり、賢龍の隣室の角の四人部屋に、臨風、姉崎嘲風《あねさきとうふう》（一八七三－一九四九　宗教学者）、畔《くろ》柳芥舟《やなぎかいしゅう》（一八七一－一九二三　英文学者）がいた。この部屋で柳田國男とも知り合った。大塚の長屋には、臨風や柳田が遊びに訪れた。明治三十年の「自筆年譜」には「此の頃から酒杯を手にし、人の遊びに伴うようになつた」と記されている。

「誓之巻」連作、「照葉狂言」など、郷里金沢を舞台に、少年の母恋や初恋を抒情豊かに描く名作は、この大塚時代に書かれている。「龍潭譚」「化鳥」ほか、幼童を語り手とする幻想譚も執筆された。鏡花は大黒柱の責務を果たす一方で、幼少年期、さらには存在の始原へと遡り、女たちの面影や言葉に、生きることの意味を模索していたのではなかろうか。「源氏物語」、鷗外訳「即興詩人」、一葉の「たけくらべ」などに学び、様々なスタイルの模索も行われた。「深刻小説」「観念小説」と命名されたデビュー当初と比べる時、この頃の時評は必ずしも芳しくない。社会性を喪失した現実逃避の傾向が批判され、「龍潭譚」にいたっては、「何ぞ朦朧として雲の如き又夢幻の如くなる」「深刻以外の何者かを求めんとし、鏡花は今や過渡の時代にあるにあらずや」等々総攻撃を受けた。この過渡期の鏡花に「詩人的天才」を見いだしたのも田岡嶺雲である。「雷同者鏡花の真面目をしらず」とエールを送った。「鶯花径」「髯題目」「笈摺草紙」「辰巳巷談」「三尺角」などが執筆発表さ

明治期の金沢城百間堀。現在は埋め立てられて幹線道路となっている。明治二十七年一月九日、父清次が死去、帰郷した鏡花は貧窮にあえぎ、この堀端に佇んで自殺を考えたという。この時の経験は、ちょうどこの時期に執筆していた「鐘声夜半録」（原題「夜明まで」）に色濃く反映されている。（『石川写真百年　追想の図譜』能登印刷出版部）

れた。
明治三十一年六月には、幼時に養女に出され、輪島で芸妓をしていた妹の他賀（明治十年生）を、弟豊春が迎えに行き、大塚の長屋に引きとった。翌三十二年一月三十一日、鏡花は本籍地を金沢から小石川大塚町に移している。郷里金沢への未練や甘えを断ちきり、東京で泉家を担っていく覚悟が定まるのがこの時期ではなかろうか。そのなかですずとの運命的な出逢いも訪れるのである。

（文＝鈴木啓子）

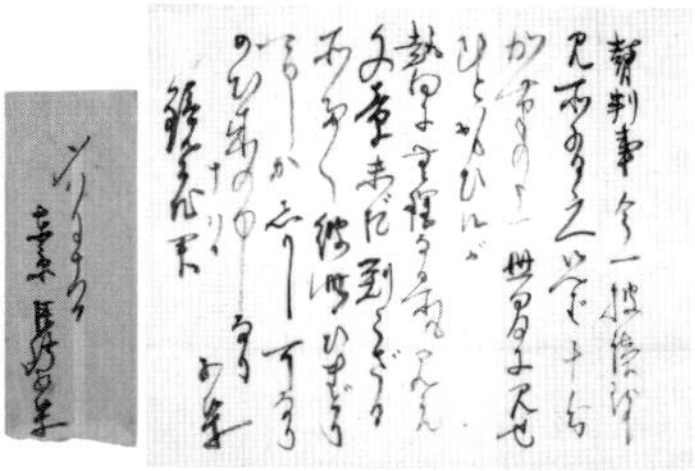

鏡花宛紅葉書簡。明治二十七年五月九日付。この年の一月、父を亡くして先行きに不安を感じ、気持ちの落ち着かない状態にあった鏡花。帰省中、鏡花は金沢城の百間堀に佇み自殺まで考えた。ちょうどその時期に起こした草稿「夜明まで」を読んだ紅葉は、死を喜ぶ人物が登場するなど文面から漂ってくるただならぬ雰囲気を感じ取り、鏡花へ叱咤激励の手紙を送った。（泉名月遺族蔵）

（右頁上）清次の死を受け、帰郷した金沢に滞在しつつ、執筆を続けていた鏡花に送られた紅葉からの書簡。「瞽判事」とは「十分加筆の上世間に見せむとおもひ候」とある通りにのちに紅葉の添削を受け、「なにがし」の匿名で「読売新聞」に連載された「義血侠血」の草稿を指す。（泉名月遺族蔵）

（右頁下）明治三十年頃、鏡花と弟斜汀（左、本名豊春）。弟も紅葉門下で小説を書き始める。

論考

執筆の現場から――「化鳥」の場合

文＝穴倉玉日

慶應義塾図書館への鏡花の遺品の寄贈に関わった寺木定芳の言によれば、鏡花の「文字に対する敬虔の念」から、生前より「原稿は勿論、御手紙の書き損じでも、他から来た書面端書に至るまで、頗る丁重に保存されてゐた」[*1]。それらの遺筆類は、鏡花の死から半年を経た昭和十五年三月からの全集刊行に関連して、「岩波書店の長谷川覚さんと、長田幹雄さんの御二人が隔夜位に番町のお宅に来て頂いて、部屋一杯に並べられた原稿、書類、反古紙の中で、此の整理をして頂いた」といい、一か月余を経て、落丁のない「完全原稿」の他、「残念ながら完全でないもの」「全然見当たらないもの」「御生存中他に御つかはしになつたもの」があると判断されたという[*2]。長谷川、長田の手に余る草稿類については、堀尾成章の紹介で鏡花会の幹事であった田島金次郎が引き継ぎ、ある程度まとまった、製本可能な原稿が慶應義塾図書館に収められることとなった。これらの作業を通して確認された自筆原稿は「全作品のほゞ三分の一をこえた」程度であったとされる[*3]。

その中の一つである「化鳥」の自筆原稿――現在、「原稿番号22」（以下「原稿22」）[*4]として同館に所蔵されている和紙五十丁にわたる墨筆原稿は、いわゆる「完全原稿」にあたるが、このたび慶應寄贈資料とは別に泉家に残された遺品や原稿・草稿類——泉名月旧蔵資料の中から、もとは「原稿22」の一部であったと覚しき原稿八枚が新たに確認された。これらを「草稿」ではなく、敢えて「原稿」とするのは、この八枚が「化鳥」脱稿後、鏡花自身によって意図的に割愛された原稿と考えられるためである。[*5]

慶應所蔵の「原稿22」には、「化鳥」の初出誌である「新著月刊」(明治三十年四月)の編集者によるものと覚しき朱筆のノンブルが通しで入れられ、一見、欠丁は見られない。四百字詰め原稿用紙を下敷きにして執筆された鏡花の和紙原稿特有の余白や、丁寧に施されたルビなど、典型的な鏡花スタイルを有する自筆原稿といえよう。しかし、その全丁を注意深く見渡すと、不思議な断絶があることに気づく。

例えば、三十一丁から三十二丁にかけての削除部分[一一一頁図版参照]。「奥野定助といふ県の慈善家で政府から緑章を下すつたといふ皆が神様のやうにあがめて居るぢいさんと一所に来」までが三十一丁の削除された末尾となるが、続く三十二丁の冒頭の削除部分は「んなことをいひあつた日だつたと覚えて居る、」となり、両者が連続しないことは明らかである。ところが、新たに確認された八枚の原稿のうち、ひと続きの文章と思われる原稿Aと原稿B(巻頭

「特別公開」十五、十六頁参照）を三十一丁と三十二丁の間に挿入すると、これら四丁は「奥野定助」なる人物を描いた一場面として成立する。

「奥野定助」の名は自筆原稿に登場するのみで、初出以降の「化鳥」には存在しない。前述の削除部分で政府から褒章を授与された「県の慈善家」とされていること、また原稿A・Bに見られる「この奥野といふのは窮して食べることの出来ない、其は男でも女でも小児でも何でも構はないで」「八十ばかり乞食の納屋が建つて居る其へ入れて食はして置くので皆が奥野の小屋、奥野の小屋とさういつている。」などという表現から、明治期の金沢に於ける慈善活動家として知られる小野太三郎（一八四〇－一九一二）が想起される。小野太三郎については、「風流線」（明治三十六）「続風流線」（明治三十七）に「城下に、貧窮人の、お救小屋を立てゝお在なさる」「篤志の大慈善家」として登場する巨山五太夫や、その関連作である「湖のほとり」（明治三十二）で「国内随一の大長者で、且つ徳望家で、又未曾有の慈善者で、あらゆる乞食を救済して、之を養ふ者数を知らず、城北の野に矮屋八十六棟を有して、養育院と称へてある」「浦島の殿様」のモデルであることが早くから指摘されており、[*6] また「化鳥」についても「鮟鱇博士」とあだ名される「大野喜太郎」（「原稿22」では「天野喜太郎」）のモデルとする検証もある。[*7] ただ、「化鳥」に関しては今回確認された原稿Bに「帽といへばあの鮟鱇博士で、学校へ

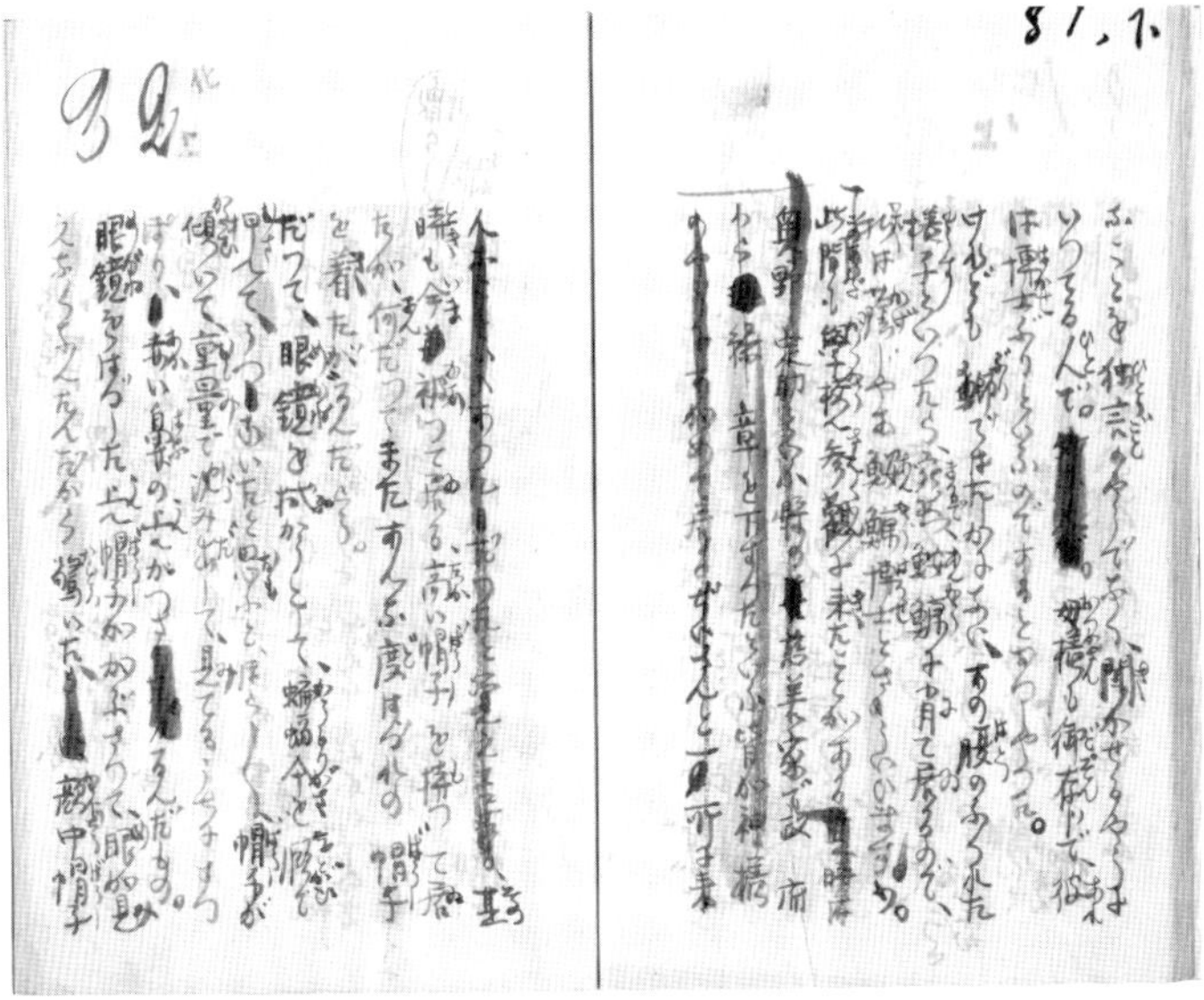

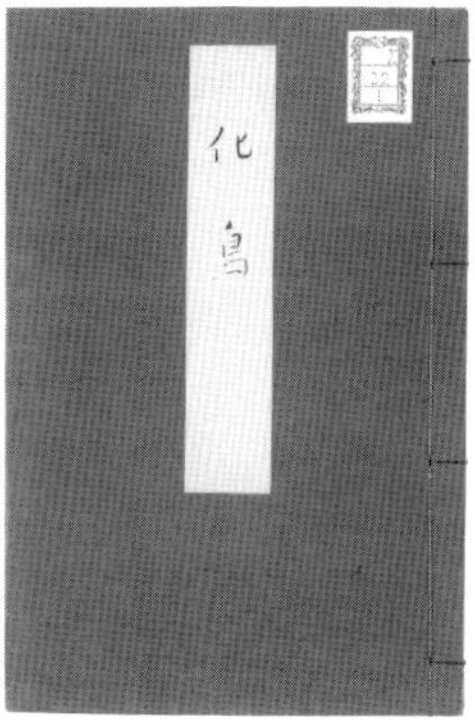

慶應義塾図書館に「原稿番号22」として収蔵されている「化鳥」の自筆原稿。袋とじ製本の三十一丁裏と続く三十二丁表には、それぞれの削除（塗りつぶし）部分を判読しても、明らかに文章として連続していない。

今いった奥野のぢいさんと一所に参観に来た」とあることから、執筆当初の構想では「奥野のぢいさん」と「鮟鱇博士」は別の人物であったことは明白である。現行の「化鳥」においても、「市内衛生会委員、教育談話会幹事、生命保険会社社員、一六会会長、美術奨励会理事」とあらん限りの肩書きを名刺に列ねる「鮟鱇博士」だが、あくまでも地元の名士としての人物造形であって、小野太三郎の慈善活動を思わせる記述はない。つまり、「化鳥」はおそらく『小野君慈善録』[*8]などを参考にしつつ、父清次亡き後の困窮の経験による屈折から、その活動を素直に評価できなかった当時の鏡花が小野の存在を多分に意識して構想し、執筆したものの、脱稿後の推敲段階でモデルへの配慮から小野をダイレクトに連想させる部分——前述の原稿A、Bをはじめとする「奥野定助」の慈善活動に関わる八枚の原稿を割愛したうえ、通しでルビを振り、「化鳥」として入稿されたという経緯が推測できる。

　いわゆる決定稿として活字に組まれる以前、作家の書斎では自作を世に送り出すための様々な作業が繰り広げられている。鏡花に関わる多くの人々の尽力により、分蔵という形で今に伝えられた資料によって、私たちは作家の執筆の現場までも目前に立ち上がらせることができるのである。

＊1　一門下生（寺木定芳）「思ひ出話　番町の先生」（「鏡花全集月報」第九号　昭和十六年五月）

＊2　1に同じ

＊3　太田咲太郎「泉鏡花氏の原稿」（「三田評論」昭和十七年九月）

＊4　第二十八回慶應義塾図書館貴重書展示会公式図録『鏡花の書斎　「幻想」の生まれる場所』（慶應義塾図書館　平成二十八年十月）

＊5　「化鳥」の自筆原稿・草稿に関しては、慶應所蔵の「原稿22」以外にも、「ばけどりものがたり」と題する草稿（和紙一枚・墨書）や「化鳥後日譚」と題する草稿（和紙一枚・墨書）が泉名月旧蔵資料から早くに確認されている。また、石川近代文学館所蔵の「業突めい、世の中の奴等ァいけづるいことばかりしやがつて」に始まる草稿（和紙一枚・墨筆）も、「橋銭」などの語句が見られることから、「化鳥」の草稿である可能性が高い。いずれにしても、これらは「原稿22」とは位相が異なる「草稿」の類いと見なされる。

＊6　秋山稔「『風流線』の一考察」（『泉鏡花　転成する物語』梧桐書院　平成二十六年四月／初出「三田國文」第四号　昭和六十年十月）、同「『湖のほとり』から『風流線』へ」（初出『論集　泉鏡花』第二集　有精堂出版　平成三年十一月）

＊7　小林弘子「「化鳥」―鏡花社会小説の起点」（梧桐書院　平成二十五年十一月／初出「鏡花研究」第十二号　石川近代文学館　平成二十二年三月）

＊8　和田文次郎輯『小野君慈善録』（共潤会　明治二十三年八月）

試練と開花、幻想小説充実期

明治三十二（一八九九）年一月、鏡花は硯友社の新年会で、生涯の伴侶となる芸妓桃太郎と相知る。本名が亡母と同名の伊藤すずは明治十四年生まれの十八歳。身寄りを亡くし、神楽坂で左褄を取っていた。この年の秋、鏡花は手狭となった大塚の長屋を離れ、牛込南榎町の二階家に引っ越した。鬱蒼たる樹木に囲まれた古家ではあったが、横寺町の紅葉宅から歩いて十分程の距離で、紅葉は来客を逃れて気軽に訪れ、二階の鏡花の書斎で原稿を書いたり、句会を催したりした。鏡花はこの家で躍進を遂げる。

同年十一月、春陽堂から『湯島詣』を書き下ろしで単行。文学士が芸妓との死を選択する心中譚は、すずの生い立ちや帝大生との交流を盛り込んだもので、鏡花が数年来の魔道を離れ、正路に戻った作品として、その写実性が高く評価された。正宗白鳥の回想によれば、坪内逍遥が早大の講義で絶賛したという。しかし翌年二月には、文壇の期待をあたかも裏切るごとく、後藤宙外が編集刷新を企てた「新小説」（明治三十三年二月）の巻頭に「高野聖」を掲げる。習作期以来の様々なモチーフを講談調の語りに包み、飛騨の深山幽谷を舞台とする壮大な幻想譚を提示した。鷗外が「灰燼」

のなかで述べるごとく、鏡花が「第一の詩人と云はれる時期」が訪れるのである。

仙台の中学時代から鏡花を愛読し、のちに『人・泉鏡花』を記す寺木定芳が、早大文科在学中、鏡花の門弟となるべく南榎木町を訪れるのも「高野聖」前後のことである。すでに「天才」の風評を得ていた鏡花はシャイな人柄で偉ぶらず、弟の豊春と舞台化された「辰巳巷談」（明治三十三年六月初演）の話題で盛りあがったという。弟豊春もまた斜汀の号を授かり、紅葉の指導で小説の道を歩んでいた。斜汀の出世作「彫像記」（明治三十三年十月）には、病弱な他賀の介護に軋む泉家の日常がうかがえる。「湯島詣」「高野聖」などの前期代表作は、身内の辛苦を抱えつつ、南榎町の二階家で紡がれたのである。

明治三十四年四月には『註文帳』を刊行。吉原を舞台に滅びゆくものへの共感を描き出した。島村抱月が主宰した読売新聞の合評会に採りあげられ、夢幻的作風への評価を決定づける。明治中葉まで、知識人層、ことに帝大文科出身者における鏡花への関心はきわめて高い。高山樗牛・大町桂月・久保天随らが鏡花を論じ、漱石の親友で帝大美学教授の大塚保治は、鏡花を「ロマンチックの好標本」と呼んでいる。鏡花の怪奇幻想は、十九世紀の科学万能主義を超える「浪漫主義」「神秘主義」「象徴主義」の文学として迎えられたのである。

明治三十五年夏、胃腸を病んだ鏡花は、その療養と避暑のため、逗子桜山で一夏を過ごした。風

鏡花の妻、伊藤すず。明治三十二年一月、神楽坂の料亭「常盤」で開かれた硯友社の新年会で芸妓桃太郎として同席し、鏡花と出逢う。母と同じ名を持つこの女性は当時まだ十八歳だったが、鏡花は胸をときめかせる。後年、師紅葉との師弟のやりとりは「婦系図」の名場面へと昇華され描かれている。

明治三十三年、二十七歳頃の鏡花（「新小説」臨時増刊号「春鶯囀」より）。

江木定男（右）と鏡花。定男は江木写真店の御曹司で、鏡花を囲む愛読者の親睦会である「鏡花会」に東京帝国大学在学中から参加。この写真も明治三十六年に江木写真店で撮影されたものである。定男は鏡花を介して鏑木清方の代表作「築地明石町」の女性のモデルとされる江木ませと出会い、結婚した。

左から鏡花、祖母きて、弟豊春。南榎町の家一階縁側にて。

南榎町の鏡花宅の二階でくつろぐ紅葉。明治三十三年四月撮影。

呂場もない小さな家だが高台で見晴らしがよく、週二日、芸妓のすずが泊まりがけで通ってきていた。遊びに訪れた紅葉に気づかれたこともあったという。

明治三十六年一月には、すずと所帯を持つため神楽坂に転居。毘沙門の表通りから少し入った新築の二階家が、吉田賢龍の世話で準備された。師に無断の同棲は、三月、胃癌の宣告を受けたばかりの紅葉の耳に入り、逆鱗に触れる。鏡花兄弟を呼びつけ厳責し、すずに手切れの十円を渡した。紅葉が息を引き取るのは、十月三十日。「御恩の一端だも酬い奉る事はせで、今は何事も申すべき辞もなし」。葬儀では門弟を代表して弔辞を述べた。明治二十四年卯歳の入門から、ちょうど十二年の歳月が流れていた。

鏡花は、同年十月から翌年十月にかけて「国民新聞」に、長編小説「風流線」「続風流線」を連載。明治三十七年九月には、本郷座九月興行のために、戯曲第一作「深沙大王」を書き下ろす。実際の演目は上演時間などの関係で、急遽「高野聖」に変更され、本作の初演となった。

鏡花が創作の幅を広げる一方で、文壇は新たな転換期を迎えていた。紅葉の死は硯友社時代の終焉を意味したといってよい。田山花袋は、「「野の花」序文」（明治三十四年）で「ロマンチシズムの幽霊」や「不自然極る妖怪譚」を否定し、「露骨なる描写」（明治三十七年）では、真のロマンチシズムは自然主義と交流すべきだと主張。藤村の「破戒」（明治三十九年）、花袋の「蒲団」（明治

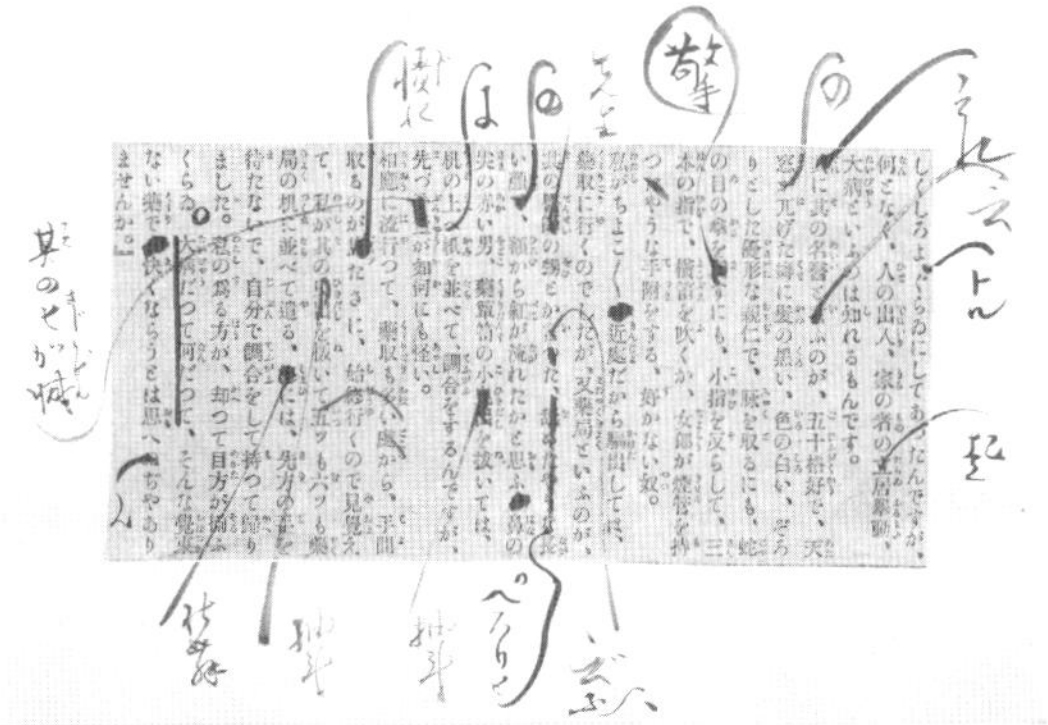

「薬草取」新聞連載（明治三十六年五月十六日－三十日）。紅葉はこの切り抜きに病床にて朱筆添削した。紅葉が息を引きとったのは、およそ半年後のことだった。（泉名月遺族蔵）

明治三十五年頃の紅葉。

明治四十年頃の鏡花。明治三十七年秋に赤痢に罹患、明治三十八年二月には最愛の祖母が死去したことから心身を病み、同年夏から転地療養のため神奈川県の逗子に移ったが、その生活は明治四十二年二月まで続いた。

四十年）によって、自然主義全盛時代が到来する。漱石は鏡花の「銀短冊」を読み、「たしかに天才だ」と書簡に書き残している。漱石の初期幻想小説と鏡花を並べ、「神秘派」「夢幻派」と称する声もあった。しかし、その漱石も、『漾虚集』（明治三十九年）、「夢十夜」（明治四十一年）以降は幻想性を廃し、現実と対峙する小説を模索し始める。日露戦争後の文壇は鏡花をその裏舞台へと廻し始めていたのである。

　そんななか明治三十八年二月、祖母きてが八十七歳で大往生を遂げる。この痛手の大きさからであろうか、鏡花は体調を崩し、七月炎暑を避けて逗子に赴き、逗子田越《たごえ》の古びた借家で四年半を過ごした。その間も、正社員を勤めた「新小説」の編集に従事し、月四度は一泊二日で上京し、斜汀とも会っていたが、その斜汀も明治三十九年八月「北海タイムス」の編集主任として札幌に赴任する。鏡花や斜汀の仕送りを受けつつ、郷里の目細家で世話になっていた妹の他賀は、明治三十七年、高岡の金工師に嫁ぐが、四十一年八月三十二歳で亡くなっている。大塚町時代、鏡花を頼って集まった弟妹が、紅葉と祖母という二本の支柱を失ったのち、独立・離散していったのが、神楽坂時代と、これに続く逗子田越時代だったのである。

　心身を病み、「殆ど、粥と、じやが薯を食するのみ」「自筆年譜」の惨状であったが、創作の筆が途絶えたわけではなかった。明治三十九年、「春昼」「春昼後刻」を発表。四十年一月には、登張竹風の依頼に応じ、笹川臨風の弟潔が勤める「やまと新聞」に、「婦系図」の連載を開始した。翌年、喜多村緑郎のお蔦で初演され、新派の当たり狂言となっていく。芝居では早瀬とお蔦の別れの場面が際立つが、恩師の娘を侮辱した金権一族を破滅に導く悪漢小説《ピカレスクロマン》は、「金色夜叉」の系譜を継承するものである。四十年五月には「やまと新聞」に登張竹風との共訳でハウプトマン原作の「沈鐘」を掲載。長谷川天渓の手厳しい批判を受けたが、この夢幻劇の翻訳がその後の鏡花作品に与えた影響は大きい。明治四十一年一月、春陽堂から『草迷宮』単行、母の毬唄を訪ねる青年の彷徨を、端正な能楽的構成のうちに描き出した。二月には、『高野聖』が左久良書房から刊行され、浪漫主義の名作として定評を確立する。三月、逗子の鏡花を訪ねた「新潮」記者の中村武羅夫に、鏡花は「自然主義文学の奴等がおれに飯を食はせない」と嘆いたというが、花袋・天渓らの攻撃が、鏡花の創作意欲を掻き立て、自身の芸術観を樹立する契機となったとも目せよう。談話「ロマンチックと自然主義」「予の態度」等には、文芸上の主義に拘泥せず、様々な技巧を駆使して、現実を超えた美の境地を描き出したいという、鏡花の創作理念が熱く語られている。

　明治四十二年二月、逗子から東京に戻る。笹川臨風や田島金次郎らの世話で麹町土手三番町に転居した。漱石を訪ね、自ら斡旋《あっせん》を依頼した「白鷺」が、十月から「東京朝日新聞」に連載される。自然主義の猛威を打破すべく結成された「文芸革新会」に入会し、宙外、臨風、竹風、嘲風らと地方講演にも参加した。講演は苦手で挨拶だけで壇上を降りたこともあったが、伊勢・桑名への講演旅行が、「歌行燈」を生んだことはよく知られるところであろう。異なる趣向の作品のように見えながら、「歌行燈」の喜多八が流しの門付けとなり、吐血しつつ宗山の娘お袖を能楽宗家の「嫁御」と認めさせる結末は、「婦系図」の早瀬主税が都落ちし、身を賭して恩師酒井の娘妙子を救済する結末と相通じている。「女物語」を得意とし、三十五歳で無念の死を遂げた紅葉の文業を継承し、近代男権社会において抑圧される「婦」の系譜、自然主義の台頭によって、その権威を失墜しつつある硯友社文学を「正統」へと復権させること。明治四十年代の鏡花作品には、恩師紅葉の文業を受け継ぎ、その教えに報いたい小説家としての覚悟が表明されているのではなかろうか。

（文＝鈴木啓子）

戯曲に情熱を注ぐ

明治四十三年一月、鏡花は「歌行燈」を「新小説」に発表するとともに、『鏡花集』第一巻を刊行、翌年一月までに四巻を刊行し、「予備兵」（明治二十七年）から「楊柳歌」（明治四十三年）までの四十作を収録した。四十四年一月には、後藤宙外とともに十一年間携わってきた「新小説」の編集を辞し、三月には、「文芸倶楽部」や「太陽」掲載作を収録した『鏡花叢書』（博文館）を刊行、明治期の文学活動を総括した形になった。

大正時代には五十冊に及ぶ著書を刊行している。なかでも、小村雪岱は、『日本橋』（千章館、大正三年）をはじめとする瀟洒な装幀に冴えを見せ、『遊《ゆう》里《り》集《しゅう》』（大正四年）を皮切りに大正十二年の『龍《りゅう》蜂《ほう》集《しゅう》』まで十三冊を数える袖《しゅう》珍《ちん》本《ぼん》シリーズ「鏡花文庫」（春陽堂）で、鏑木清方とともに鏡花本を彩った。

明治四十三年五月、鏡花は、崖下で日当たりの悪い麹町区土手三番町三十番地から、下六番町十一番地の町屋造りの二階家に引っ越した。引っ越し先は、南西に三百メートルほど行ったところで、大きな銀杏の木が近くにあった。番町小学校近隣の住宅地で、昭和十四年九月七日に亡くなるまでの、鏡花の終の棲家となった。建坪は二十七坪で、長唄の師匠が住んでいた家だという。

吉井勇の歌「番町の鏡花の家の格子戸のあく音聴こゆ秋の夜更けに」にあるように、格子戸の玄関には、源氏香図の紋に「泉」と記したガラスの角灯籠が吊るされていた。四畳半の茶の間の長火鉢の前は憩いの場で、檜のれんじ格子の窓に往来の人影が映った。天井には、ほこり除けに短冊形の白い紙を張り、雷除けのとうもろこしを下げた。八畳の座敷の前庭には、紫陽花や卯の花、山茶花が咲き、「雀のお宿」（餌台）があった。二階八畳間は書斎で、紫檀の文机に向かって執筆に励み、四畳の隣の間の寝台で体を休めた。執筆は夜で、早ければ、一日に三十枚ほど書いたという。書斎の床の間には、『紅葉全集』と紅葉の肖像写真が飾られ、無数の兎の置物や玩具が並んでいた。道を挟んだ向かいは有島武郎の屋敷で、椎や桜、池のある広い庭が机の前のガラス障子から見えた。有島の弟里見弴はこの頃、有島邸に住んでいた。志賀直哉の影響で学習院時代から鏡花を愛読していた里見は、鏡花が越してきたのを知ると書生に「白樺」を届けさせ、白樺派展覧会などを通じて親交を深めた。

大正前期、鏡花は、演劇への深い関心を抱いた。場割りが明確で、劇的な構成と会話を主体とした鏡花の作品は、演劇人の関心の的であった。鏡花自身も、明治三十九年に戯曲『愛火』を刊行、

大正元年、三十九歳頃の鏡花。

登張竹風とハウプトマンの戯曲『沈鐘』の翻訳（明治四十一年）に取り組むなど、演劇への関心を深めつつあった。明治四十二年十一月に小山内薫が「自由劇場」を旗揚げし、文学界に多大な刺激を与えた影響もあるだろう。直接的には、新派の有力者との交流を通じて、演劇界の内情と上演までのプロセスや作劇の背景を熟知したことが大きい。その筆頭は、喜多村緑郎である。明治四十三、四年には、公演中の喜多村に招かれて京都、大阪に遊んでいる。喜多村は、鏡花を囲む親睦会、「鏡花会」に出席、「怪談会」にも頻繁に同席している。大正三年、「湯島の境内」を書き下ろした「婦系図」再演の際、お蔦を当たり役とした喜多村に鏡花が上演の諒解を求めている点にも、二人の関係はうかがえるだろう。こうして、鏡花は、大正二年から八年までの時期、集中的に劇作に取り組む。

『戯曲　日本橋』（大正六年）など小説の脚色も少なくないが、注目されるのは、オリジナル戯曲に積極的に取り組んだことであろう。なかでも「夜叉ヶ池」（大正二年）、「海神別荘」（同）、「天守物語」（大正六年）は、『沈鐘』の現世と他界の対立の構図を取り入れ、独自の幻想美と批評精神を山頂と山麓、海辺と海底、天守と地上という垂直構造の舞台に生かした傑作である。三作に特徴的なのは、「夜叉ヶ池」の萩原晃が民間伝承の採集者とされているように、民俗学を基盤にしていることである。萩原晃には、柳田國男の影がある。

鏡花は、柳田『遠野物語』（明治四十三年）が刊行されると、即座に「遠野の奇聞」を発表して高く評価した。『遠野物語』は、妖怪変化や山男が都会近くまで接近する気配を感じさせると絶賛し、自身の知る各地の伝承を紹介している。「おばけずきのいはれ少々と処女作」（明治四十年）で人間に脅威と救済を与える超自然力の存在を説き、「たそがれの味」（明治四十一年）で世人の知らない「微妙な中間の世界」を伝えたいと語った鏡花ならではの批評であった。大正前期の幻想的な戯曲は、これらの主張を演劇空間で実現しようとしたものと考えられる。

明治末から大正にかけて、鏡花は、多くの新作家に支持された。彼らは、こぞって鏡花を愛読し、親交を深めた。耽美派の谷崎潤一郎をはじめ、「白樺」の里見弴、「三田文学」の水上瀧太郎や久保田万太郎、佐藤春夫、第三次・四次「新思潮」の芥川龍之介といった作家たちである。永井荷風の主宰する「三田文学」は、四十三年十月に「三味線堀」を掲載。鏡花は「自筆年譜」に、「頁数の少き雑誌に一稿百枚は、永井荷風氏の厚情による」と記して、感謝の意を表している。谷崎とは明治四十五年一月四日、芝の紅葉館で開催された文芸家新年会の席上で初めて会った。徳田秋聲に谷崎を紹介された鏡花は、すでに酩酊していて、「ああ、谷崎君」と言い、渡された名刺を紙入れに入れようとすると後ろに倒れてしまったという。大正九年に谷崎が「葛飾砂子」を映画化した際、鏡花は、撮影にも立ち会っている。鏡花の愛読者であった水上瀧太郎は、英国留学から帰国後の大正五年十一月二十七日、久保田万太郎と鏡花を訪問、コレラの流行で家に閉じこもっていた鏡花は、三か月ぶりに外出し、二軒の鳥屋をはしごし、ひいきの芸者を呼んで歓待した。瀧太郎は、鏡花を物心両面から援助し、万太郎は鏡花作品の脚色や演出を担当している。

なお、大正三年十二月の鏡花の伯父松本金太郎の死、六年十二月の画家池田蕉園の死は、鏡花の涙を誘う出来事であった。母の兄に当たる金太郎は、宝生流宗家を支える能楽の名人で、「歌行燈」などの素材をもたらし、上京後の鏡花の心の拠りどころでもあった。「白鷺」（明治四十二年）の口絵で知られる蕉園は、夫輝方とともに、鏡花文学を彩るだけでなく、「友禅火鉢」などの作品のモデルともなった。墓所には、鏡花の「普門品ひねもす雨の桜かな」の追悼句が添えられている。このほか、第一回鏡花会（明治四十一年六月）が開かれた築地の待合浜松の女中頭で鏡花と一時恋愛関係にあった杉本お富がパセドー病を患い、亡くなったのは、大正四、五年と想像される。お富は、紅葉館の女中や新橋芸者になり、「白鷺」の小篠、「萩薄内証話」（大正五年）のお妻、さらには「眉かくしの霊」（大正十三年）のお艶のモデルともされる。

（文＝秋山稔）

春陽堂版『鏡花全集』刊行へ

大正五年六月、鏡花はすず夫人と金沢に帰郷し、すず夫人、目細てる、てるの五男円幸《えんこう》と一緒に卯辰山上の両親の墓所を訪れた。しかし、そこに墓所はなかった。明治四十三年から大正三年にかけて、金沢市は卯辰山の公園化を図って明治初期からあった墓をすべて移転させた。鏡花は、墓地の跡地を訪ねたのだった。自宅に帰ってまもなく、故郷からうれしい便りがあった。差出人は、初恋の女性湯浅しげであった。しげは、明治四十四年一月、夫藤谷《ふじや》外茂吉《ともきち》と離婚して湯浅家に戻っていた。商売に行き詰まった夫は、長男と金沢を離れ京都に去ったが、しげは、老いた父の世話をするために、金沢に残ったのであった。金沢滞在中に、鏡花は、しげの近況を聞いて、贈物をしたようだ。その礼状が届いたのだった。感激した鏡花は、六月十九日付の返信で、「おんたよりいただき夢かと存じ候（中略）まことに〳〵お久しくお久しく存じ参らせ候尾張町なる御店へ其の頃は毎夜のやうにおじやまにあがり申候」と記して、母亡き後の少年時代を懐かしむとともに、「白山氷」の物売りが歩く故郷の夏を偲んでいる。「御心のむき候みぎり」には「おたより御聞かせ下されたたく」と記し、「唯おん名ばかりも御みづからおんしるさせのほどひとへに念じ入り参らせ候」と懇願する。切ないほどの思いがうかがえよう。

帰郷時の墓地跡の訪問、上京して間もなくの湯浅しげからの手紙は、おのずと鏡花を故郷の記憶や亡き両親、しげに憧れた少年時代へと導いた。帰郷時の墓参は、従妹と従妹の子と一緒に両親の墓参をする「町双六《まちすごろく》」（大正六年）、湯浅しげの消息は、離婚して復籍した初恋の女性への変わらない思慕を描く「卯《う》辰《たつ》新《しん》地《ち》」（同）を経て、帰郷から三年後に「金沢もの」の集大成「由縁の女」として結実したのであった。

『由縁の女』は、大正八年一月から十年二月にかけて、二十四回にわたり、池田輝方の挿絵入りで「婦人画報」に連載され、十年八月『ゆかりのおんな 櫛笥集』として刊行された。大正期の最大長編で、自伝的な要素をふんだんに取り入れ、墓地の移転のため帰郷した主人公が、浅野川を遡り、運命の女性と〈母〉が二重写しになる至福の瞬間に死ぬまでを描く。鏡花は、金沢を描いた図を小村雪岱に示し、「篇中仮構地図」作成を依頼、刊本に掲載した。

大正後期の鏡花は、長編の力作完成に力を傾けた。「由縁の女」連載前、大正七年七月から十二月まで、百五十回にわたって「芍薬の歌」を「やまと新聞」に連載した。「芍薬の歌」は、深川を舞台に、不遇な画家の再生と画家を支えた女性の死を描き、豊かな物語性を示した作品で、「辰巳巷談」（明治三十一年）以来の「深川もの」の集大成でもあった。『ゆかりのおんな 櫛笥集』刊行の翌年一月、飯坂温泉や金沢、東京などを舞台に、山地を根城とする特異な集団が登場する「黒髪」（「良婦之友」）と続編「龍胆《りんどう》と撫子《なでしこ》」（「女性」）を十二年九月まで連載した。「由縁の女」連載中の大正九年には、菊池寛「真珠夫人」（大正九年六月－十二月）や徳田秋聲「闇の花」（大正九年一月－十年五月）などのいわゆる「通俗小説」が話題になっていた。これらの作品と比べると、鏡花の長編との隔たりの大きさ、鏡花文学の豊かさと独自性が際立っている。

鏡花が芥川龍之介と初めて会ったのは、大正七年頃とされ、七月十五日に麻布の満鉄社宅で開かれた外務大臣後藤新平の文士招待会には同席している。芥川は、高等学校時代から『草迷宮』など、鏡花の作品を愛読していた。鏡花も資質の共通する芥川を高く評価しており、著書を送るなどして交流を深めた。

大正十二年九月一日の関東大震災の日、鏡花夫妻は、自宅にいて逃げ出し、難を逃れた。火の手は中六番町から上六番町に延焼したが、下六番町には及ばなかった。余震の恐怖におびえ、家のなかから観音像と亡父が彫った真鍮の迷子札を持ち出し、近くの公園で二夜を過ごした後、自宅に帰った鏡花は、「露宿」（「女性」大正十二年十月）を執筆、公園で過ごした二夜を描いて鮮やかである。二か月後の十一月、信心深い鏡花は、すず夫人と金沢に帰郷し、最初に松任、行善寺の摩耶夫人《まやぶにん》に参拝し、無事を感謝した。金沢の東山寺院群にある全性寺や真成寺《しんじょうじ》に参詣した後、来教寺《らいきょうじ》向かいに住む仏師宮保《みやぼ》左慶《さけい》に摩耶夫人像の制作を依頼、夫人像は、新たな守護神として書斎の脇机の上に祀られた。翌年発表の「夫人利生記」は、この帰郷に取材した作品で、真成寺に実在する押絵の額（『釈迦八相大和文庫』の挿絵に基づく）を取り入れ、摩耶夫人像入手の経緯を描いている。

　震災の翌年三月初旬、鏡花は水上瀧太郎を招いて、春陽堂から全集を出すこと、水上、谷崎、久保田、芥川、里見、さらには小山内薫を編集委員にしたいと語った。瀧太郎は、即座に今まで蒐集してきた鏡花作品の初出・初版本の提供を申し出た。相談会は、十二月二十八日に日本橋の料亭藤村で開催され、水上、久保田、里見、芥川が「参訂者」（編集委員）となり、春陽堂主人和田利彦と「鏡花全集相談会に関する覚書」を作成、岡田三郎助に装幀を、編集事務を小村雪岱・濱野英二に依頼し、震災前から同じ下六番町に越していた水上邸に編集事務所を置いて、年明けから作業に入った。鏡花は、積極的に編集に参加して本文の校正に携わり、広告文にも目を通した。随筆「献立小記」には、五百メートルほど離れた「向こう横町」の水上邸での編集作業の活気を生き生きと

（上）大正十四年三月、東京・芝公園内の紅葉館で行われた『鏡花全集』出版記念会の記念写真。左より小村雪岱、岡田三郎助、水上瀧太郎、泉鏡花、芥川龍之介、久保田万太郎、濱野英二、里見弴。
（左）泉家に残されている全集編集資料。（泉名月遺族蔵）

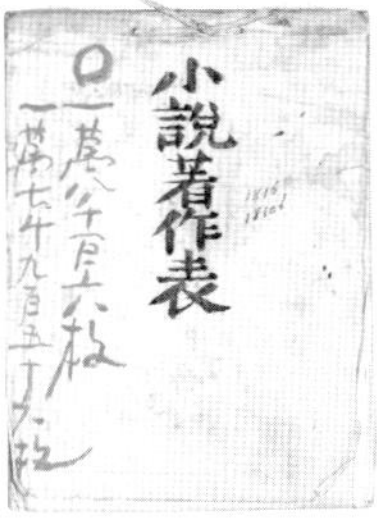

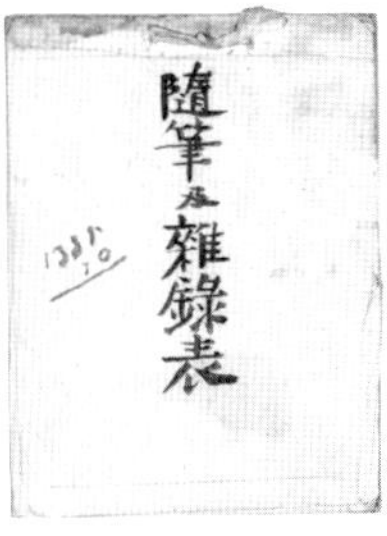

伝えている。十四年三月一日には、芝の紅葉館で鏡花全集出版記念会「鏡花会」が催され、七十五名の出席があった。この時鏡花は、下座で謝辞を述べ、自宅で待つすず夫人に言及、参会者を感動させたという。これがきっかけとなり、水上らの斡旋で、同年末に紅葉に遠慮して未入籍だったすず夫人と正式に結婚し、十五年正月の新聞紙上で慶事が報じられた。

「鏡花会」から間もなく芥川は、「鏡花泉先生は古今に独歩する文宗なり」に始まる全集の推薦文「鏡花全集開口」を執筆、水上邸で受け取った鏡花は、「とる手も震へ候ばかり感銘浅からず存じ候」と喜びと感謝の返信を送った。十四年五月には、「新小説臨時増刊　天才泉鏡花」が刊行され、芥川の「開口」や出版記念会の記録を収録している。「天才泉鏡花」には、参訂者のほか、柳田國男を始めとする友人が名を連ね、思い出や作品評を寄稿している。全集の予約は好調で、五千部に達し、十四年七月に巻六が第一回配本として読者に届けられた。

最終回の巻十五の配本があったのは、昭和二年七月である。二十四日、芥川龍之介が自殺し、文壇に衝撃が走った。鏡花が最後に芥川に会ったのは、六月初旬で、河童の話などをしたという。記者から芥川の自殺を知らされた鏡花は、「よよとばかり泣き崩れ」て、「え、え、え夢ぢやないかな。夢であつてくれゝばいゝが何で死んでくれたか怨めしい」とその驚きと悲しみを語った（「東京日日新聞」七月二十四日付）。通夜の日、鏡花は芥川の書斎に全集の最終巻があるのを目にした。「自筆年譜」では、「其の月の配本第十五巻、蔽を払はれたりしを視て、思はず涙さしぐみぬ」と回想している。二十七日午後、谷中斎場で行われた葬儀では、先輩作家を代表し、最初に「弔詞」を読んで、早すぎる死を惜しんだ。「玲瓏《れいろう》、明透、その文、その質、名玉山海を照らせる君よ。溽暑《じょくしょ》蒸《じょう》濁《だく》の夏を背きて、冷々然として独り涼しく逝きたまひぬ」と。

（文＝秋山稔）

昭和二年八月、十和田湖にて。七月二十四日の龍之介の死から間もないこの月、鏡花は「東京日日新聞」「大阪毎日新聞」の企画「日本八景」の取材で東北に赴き、両紙に紀行文「十和田湖」を連載した。

昭和・鏡花文学の集成

昭和三年五月、水上瀧太郎が発起人となって、九九九会《きゅうきゅうきゅうかい》が毎月二十三日を定例日として開催されることになった。震災前からあった鏡花を囲む親睦会で、五月二十三日から始まり、昭和十四年七月まで続いた。会員は水上のほか、里見弴、小村雪岱、久保田万太郎、岡田三郎助で、のちに三宅正太郎、鏑木清方も加わった。第一回は日本橋の料亭藤村の大広間が会場で、水上が幹事であった。会の名前は、会費が九円九十九銭であったことによる。鏡花は、出席簿に「しつぽりと春鶯帖」と柔らかな書体で題字を墨書した。里見が幹事を務めた第二回までを、鏡花は「九九九会小記」（「三田文学」　昭和三年八月）で軽い筆致で巧みに記している。この年、いわゆる円本の文学全集二種、すなわち改造社の『現代日本文学全集　第十四篇　泉鏡花集』と春陽堂の『明治大正文学全集　第十二巻　泉鏡花篇』が同じ九月に刊行された。円本の一割二分の印税によって作家は潤い、家の新築や増築をしたものが多かった。堅実な鏡花は、夫人と修善寺の新井旅館や熱海の水口園などの温泉に遊ぶだけで、散財した様子はない。

昭和四年五月には、夫婦で金沢に帰郷、目細てると三人で能登の和倉温泉を訪れ、和歌崎館に泊まった。金沢では柿木畠《かきのきばたけ》の定宿、藤屋旅館に宿泊したが、このとき、懐かしい訪問客があり感激して、小村雪岱宛に「絶へて久しきゆかしくなつかしき人にあひて思はず落涙いたし候」と書き送った。この旅から帰って間もない七月二日から十一月二十六日まで「時事新報」に連載したのが、「山海評判記」であった。和倉、金沢、東京を主な舞台に、白山の姫を奉じる集団などを登場させた作品で、オシラ神や能登門前の長《ちょう》太《た》狢《むじな》譚に取材した長編で、民俗学や地誌の記述を取り入れている。民俗学への関心は、この頃も高い。五年四月には、三田綱町の澁澤敬三邸新築記念祝賀会で三河の花祭りを見学、翌年六月訪れた千葉県勝浦を舞台に、花祭りの趣向を取り入れた「貝の穴に河童の居る事」を九月の佐藤春夫編集の雑誌「古《こ》東《と》多《だ》万《ま》」に発表している。柳田の『山島民譚集』(大正三年)以来の河童への関心と新たな知見としての花祭りを結びつけ、民俗への深い共感を示した作品である。この頃、水上が「鏡花世界瞥見」(昭和三年)で指摘したように、昭和になっても、鏡花文学は、老いや円熟からとはほど遠いものであった。

昭和八年三月、思いがけない出来事が起こった。弟で作家の泉斜汀が徳田秋聲の庭先にあったアパート、フジハウスで急死したのである。斜汀は、秋聲が建てたばかりのアパートに身を寄せて間もなく、脳膜炎を発症したのだった。斜汀は、大正時代には、時代小説「小《こ》さと庄之丞」(「史談文芸」大正七年)、「恋の焔」(「ポケット」大正十一年)や童話「花の神様」(「少女物語」大正十三年）を発表したが、創作意欲は途絶えがちであった。昭和六年末には困窮して里見を訪問し、鏡花からの借金を依頼、鏡花が拒んだので、里見が立て替えた。斜汀が帰った頃、鏡花が現れて、立て替え分を払ったという。秋聲は、斜汀の相談相手になって俳句雑誌の発刊を計画し、行き所を失った斜汀夫婦をアパートに受け入れたのだった。鏡花は、大正末、改造社の文学全集編集をめぐって、秋聲が『尾崎紅葉篇』の相談相手になったことに反発し、二人の仲は、疎遠になっていたが、斜汀の急死によってこの間の不和が解消された。斜汀の葬儀は、祖母きての時と同様、紅葉旧居近隣の菩提寺円福寺で執り行われた。秋聲は、『和解』（昭和八年）で、鏡花との再会を深い感慨を込めて描いている。秋聲は、九九九会へ招かれたが、鏡花と意気投合とまではいかなかった。

　昭和六年十一月初めから十日過ぎまで、鏡花は、夫人同伴で金沢に最後の帰郷をした。四日の誕生日には、松任、行善寺の摩耶夫人に参拝した。金沢では好物の蟹に舌鼓を打ち、卯辰山はもとより、日本海に面した粟ヶ崎にも足を伸ばした。十一月十日付「北國新聞」インタビューに、鏡花は、「金沢の街も変つたね」と、故郷の変化への驚きを語った。金沢では、翌年春に開催予定の「産業と観光の大博覧会」に向けた道路舗装や駅前の整備が盛んに行われていたうえ、母校の馬場小学校は、鉄筋コンクリートの校舎に変わっていた。こうした印象が、最終作品「縷紅新草」にも投影している。帰郷から三年半後の昭和十年三月、悲しい知らせが届いた。金沢で最も心を寄せ、若い頃から鏡花を支えた又従妹目細てるが亡くなったのだった。てるは胸を病み、五男で神原家の養子となった円幸の家で療養につとめていた。享年六十一であった。

昭和十二年一月から二月まで、鏡花は、尾崎紅葉門下生の時代に取材した「薄紅梅」を、「東京日日新聞」「大阪毎日新聞」夕刊に連載する。鏑木清方が挿絵を担当した。著書がまだない新人作家時代の自身を取り上げ、前途に不安を抱えた辻町糸七の苦い青春の文学と恋を、紅葉、北田薄氷、梶田半古、風葉、春葉、秋聲との交流を中心に描いた鏡花文学の総決算ともいうべき作品で、樋口一葉にも言及する。同年六月には、公布されたばかりの帝国芸術院会員に選出されている。

鏡花は、昭和十三年には作品の発表をしなかった。明治二十五年十月の処女作発表以来、初めてのことであった。昭和十四年四月二十四日、鏡花夫妻は、谷崎潤一郎の長女鮎子と佐藤春夫の甥竹田龍児《りょうじ》の結婚式で媒酌人を務めている。このころ鏡花は、「縷紅新草」の執筆中であったと想像される。前年十一月初旬から喀痰《かくたん》に微量の血液が混じるようになり、二、三枚執筆するごとに「右胸部が凝る」と夫人に訴えた。病苦を抑え、夫人の心配を退けて書いた作品が脱稿したのは、五月末と想像される。「縷紅新草」は、従妹のお京（目細てる）と父没後の生活苦から自殺しようとしたとき身代わりのようにして亡くなった初路《はつじ》という二人の女性の墓参りに行き、赤とんぼの提灯を境内の塚に納めて山門を降りた辻町糸七が提灯の影に二人の幽霊を見るまでを描いた作品である。「薄紅梅」と同名の男女が登場する作品で、糸七とお京をめぐる物語の金沢版ともいえる。幽明の境を越えた懐かしい女性との再会を描き、鏡花文学の終焉にふさわしい。

「縷紅新草」を掲載した「中央公論」が刊行されたのは、七月一日であった。その翌々日、三宅正太郎の送別を兼ねた九九九会に出かけたが、それが最後の外出となった。下旬には、腰の痛みに耐えかねて、病床に就く。八月に主治医の三角《みすみ》和正と稲田龍吉は肺腫瘍の診断を下したが、鏡花には伝えられなかった。九月七日午後二時四十五分、里見弴、笹川臨風、柳田國男らに看取られ、静かに息を引き取った。享年六十七。

「露草や赤のまんまもなつかしき」、枕元の手帳の一句である。

九月十日、芝の青松寺で葬儀が執り行われた。戒名「幽幻院鏡花日彩居士」（佐藤春夫撰）。

十月二十五日（四十九日）には、雑司ヶ谷墓地で納骨式があった。墓所の構成デザインは、小村雪岱。笹川臨風筆で「鏡花　泉鏡太郎墓」と記された墓標の周囲には、椿、紫陽花、ななかまど、山茶花など、鏡花が生前好きだった花木が植えられた。

（文＝秋山稔）

鏡花が媒酌人を務めた谷崎潤一郎の長女・鮎子と佐藤春夫の甥・竹田龍児の結婚式の記念写真。前列左から三人目が鏡花、中央新郎新婦を挟んで右側がすず夫人、その右隣に谷崎潤一郎夫妻。中列左から一人置いて佐藤春夫夫妻。大正十四年四月二十四日撮影

昭和十一年四月、「通夜物語」明治座公演の舞台稽古にて。左から花柳章太郎、鏡花、小村雪岱。

戦後の再評価と鏡花文学の再生

最後の新聞小説「薄紅梅」（昭和十二年一月五日－二月二十三日）の連載に先立って佐藤春夫が「時人の近来多く鏡花を読まないのは、鏡花の罪ではさら〳〵ない。偏に時人の罪である」（「『薄紅梅』の作者を言ふ」）と揚言しなければならないほど、晩年の泉鏡花は一般読者からは遠い存在だった。同紙の訃報記事「旅行、外出嫌ひ――逝ける泉鏡花氏」（昭和十四年九月八日）も喜多村緑郎の追悼談話を載せるものの、大きな扱いではなく、「文藝春秋」（昭和十四年十月）、「俳句研究」（同）両誌が組んだ「泉鏡花追悼」の頁数も少ない。

しかし、その独自の文学世界によって熱烈な読者を持ち、大正期に輩出した三田文学系を中心とした、鏡花より若い世代の作家たちの強い支持を得て、『鏡花全集』の企画が進められた。没後八日目、昭和十四（一九三九）年九月十五日に早くもすず夫人に打診され、岩波書店が刊行に向けて動き出す。

同書店の手配により四十九日を記念して『両頭蛇』影印覆刻版が三百部限定で作られるとともに、戦時下の悪条件のもと、昭和十五年三月から『鏡花全集』全二十八巻の刊行が始まり、翌々年十一月に完結した。編纂委員には、鏑木清方、水上瀧太郎、小村雪岱、久保田万太郎、佐藤春夫、里見弴、谷崎潤一郎、寺木定芳、濱野英二が名を列ねるが、瀧太郎と雪岱は鏡花の後を追うかのように刊行初期に相次いで亡くなった。遺稿や演劇の「かきぬき」も含め全文業の収録をめざし、版元の編集実務担当者とともに田島金次郎が原稿の整理に当たった。

内容見本には「古今独歩の小説家」（志賀直哉）、「一つの奇峯」（室生犀星）といった賛辞が並ぶ。広告文に謳われる「写実主義を主流とする明治・大正・昭和の文学史上浪漫主義の大道を打開樹立した功績」を称えるのが、当時の鏡花文学への評価だった。「月報」に一門下生の名で連載した「思ひ出話、番町の先生」をまとめた、寺木定芳『人、泉鏡花』（武蔵書房、昭和十八年九月）は、鏡花の人物像を伝える貴重な書物である。

『鏡花全集』刊行開始の宣伝を兼ねて「図書」が「泉鏡花特輯」（昭和十五年三月）を組む。完結後は「国文学 解釈と鑑賞」が「特輯 泉鏡花の研究」（昭和十八年三月）を発行、同誌は戦後も「泉鏡花号」（昭和二十四年五月）を編んでいる。全集の整備によって近代文学研究の対象となったことがうかがえる。「泉鏡花号」には、「夜行巡査」「外科室」「照葉狂言」「湯島詣」「高野聖」「風流線」「婦系図」「歌行燈」「日本橋」の作品論が並ぶ。このあたりが鏡花の代表作として認められていたということだろう。観念小説や花柳小説の作者としての印象が強かった時代である。

明治四十一年十月に開かれた第二回鏡花会で、鏡花の愛読者には「湯島詣派（侠女物）」と「高野聖派（怪談物）」の二通りあるとの話が出て、高野聖派が出席者の八割強の絶対多数であったというが、演劇面では、太平洋戦争敗戦後、時を置かずに新生新派が「瀧の白糸」を上演演目に選んだ（東京劇場、昭和二十年十月）ように、新派悲劇の代表作家と受け取られていた。鏡花の生前に幻想戯曲が上演された例は少ない。鏡花が熱望したと伝わる「天守物語」も、昭和二十六年十月の新派初演（新橋演舞場）、三十年二月の歌舞伎莟会《つぼみかい》公演（歌舞伎座）でようやく実現する。

研究面でも、近代的自我をめぐる議論が取り交わされるなかで、『泉鏡花 生涯と芸術』（河出書房、昭和二十九年七月）を著した村松定孝が孤軍奮闘する状況がつづき、「いまや研究者から見捨てられた作家のひとり」（三好行雄「「泉鏡花」批判」「学苑」昭和四十一年八月）とまで評された鏡花文学だが、前近代への関心が高まり、共同幻想や民俗学的領域が顧みられるようになった一九七〇年代から復権を遂げる。

その潮流を導いたのは、三島由紀夫が編集した『日本の文学4 尾崎紅葉・泉鏡花』（中央公論社、昭和四十四年一月）だろう。文庫本がなかった「黒百合」「天守物語」「縷紅新草」がこの文学全集で身近なものとなった。三島は鏡花を「ユニークな、すこぶる非常識で甚だ斬新な、おどろくべき独創性を持った劇作家」とし、「天守物語」の「すばらしいセリフ」を言祝《ことほ》いだ。「月報」で実現し

昭和十四年十月、鏡花全集刊行に際して、築地錦水楼にて。前列左より鏑木清方、谷崎潤一郎、泉すず、里見弴、小村雪岱、後列左より岩波茂雄、久保田万太郎、佐藤春夫、寺木定芳、濱野英二、水上瀧太郎、他一名。

湯島天神の境内に建立された鏡花の筆塚に佇むすず夫人
昭和十七年九月七日撮影。

た澁澤龍彦との対談「泉鏡花の魅力」では、シュールレアリスムに傾倒する澁澤の鏡花評価がうかがえる。

次いで発行された「別冊 現代詩手帖」〈泉鏡花 妖美と幻想の魔術師〉（昭和四十七年一月）は鏡花を幻想文学の作家として高く評価する一冊で、種村季弘、篠田一士、川村二郎ら、外国文学の評論家が多く寄稿し、別巻を増補した『鏡花全集』第二刷の刊行を促した。この雑誌には、鏡花の姪で、没後、泉家の養女となった名月が、すず夫人から聞いた鏡花の逸話を寄稿している。後に『羽つき・手がら・鼓の緒』（深夜叢書社、昭和五十七年一月）としてまとめられる。名月は鏡花の遺品や原稿を大切に保存し、今日の鏡花研究の礎を築いた。

一九七〇年代以降、鏡花文学の再評価はめざましく、数々の作品集や文庫が刊行され、映画・演劇でも坂東玉三郎、寺山修司、鈴木清順、蜷川幸雄らによって取りあげられるなど、今日では日本近代幻想文学の第一人者として、文学史上に定着している。

（文＝田中励儀）

麗しき鏡花本の世界

文・吉田昌志

明治大正昭和の三代にわたる半世紀近く、たゆまぬ創作活動を続けた泉鏡花。彼の登場をもって「明治浪曼派文学の大街道の本筋に入った」と称したのは日夏耿之介（『明治浪曼文学史』昭26・8）であるが、創作の結実たる「鏡花本」の数数もまた、近代の装幀造本の「大街道の本筋」であって、その歴史をさながら映し出す「鏡」にほかならない。

逝去翌月の『薄紅梅』を含め、公刊の単著百九冊のうちわけを時代別に括ると、明治期の二十年間に三十六冊、大正期の十五年間に五十五冊、昭和期十四年間は十八冊となる。出版機構の大衆化と造本技術の進んだ大正期（正味十四年と四か月）は年に約三・八冊の割合で、七冊出た年が二回（大2・大13）ある。三代を通しての月別の総計では、一月が十九冊、十月が十四冊、四月が十二冊になる。

判型は、菊判（二十九冊）、四六判（二十五冊）、菊半截判（＝文庫版、二十一冊）、三六判（十七冊）の順に多く、版元では、春陽堂が五十七冊で、その過半を占める。次に多い新潮社が六冊だから、春陽堂の独占率は圧倒的というほかない。最大手の博文館が『海戦之余波』と『鏡花叢書』の二冊のみであるのは意外な少なさだ。画家別の点数では（延べにして）、小村雪岱、鏑木清方、橋口五葉、鰭崎英朋の順となる。

鏡花本を手にするわれわれを最も魅了するのは、まず何よりも巻頭に添えられた多色刷木版の美しさであろう。

鏑木清方の鏡花本の処女作『三枚続』の口絵は、依頼を請けて「全く天にも昇る気持」で描いたという入魂の画だが、右下、清方の署名の脇に「彫徳」「甚熊摺」と、彫師摺師の名が印されてある。自画自彫自摺の「創作版画」とは異なり、色刷木版は画家の絵（版下）のみでは成り立ち得ず、これに彫師と摺師の技倆があいまって、はじめて完成する「三位一体」の共同制作であることを忘れてはならない。

明治末年以降の「新小説」新年号には、春陽堂出版書に「専念従事」する「木版彫刻師」や「木版印刷師」らの新年挨拶の載るのを常としたが、こうしたお抱えの彫師、摺師はもとより、手漉和紙、製函、製本、活版印刷に携わる職人たちが居ればこそ、美麗な袖珍本の数数が世に送り出され、鏡花世界の豊饒を具現したのだった。

春陽堂の贅を凝らした木版色刷口絵付菊判の小説本は、当初、絹糸かがりだったが、書下しの『湯島詣』は針金綴じになった。絹糸は美しいが擦れて切れやすく、針金は丈夫な一方で錆も出やすい、という一長一短がある。

扉入の最初は『通夜物語』で、扉絵は落款から田代暁舟だと分かるが、扉に続く木版口絵は富岡永洗描く花魁《おいらん》姿の丁山と久世家の女中お松。永洗ならではの艶色は、奥附に著者検印の捺された最初の本『なゝもと桜』にも発揮されている。

明治三十年代後半には、紙より耐久性のあるクロース装が用いられるようになるが、その最初は清方描く「さゝ蟹」の口絵が絶品の『田毎かゞみ』である。後に鏡花の蒐集して有名となった「兎」のモティーフを、草色の地に朱で抜いて、月の円の中に収めたのは、書名にちなんで「月に兎」としたもの。クロース丸背洋装本の最初『伊勢の巻』は、菊三截判の袖珍本として、柳川春葉、徳田秋聲、小杉天外、菊池幽芳のものが、英朋による全く同じ表紙・見返し図柄の、色変わりで、五冊同時に刊行されたので、世に「五色本」という。春陽堂における和装本から洋装本への転機をなし、この直後の『誓之巻』も菊判丸背の洋装仕立である。定価が一円を超えたのは『沈鐘』（一円二十銭）、函付の最初の本『白鷺』も一円。名取春仙の表紙画の牛頭の曳く車と上に載る桔梗を円く輪取った意匠を単色で函に用いる。

明治四十年代には、やがて橋口五葉の登場を準備する洋画家の参入があった。刊行の一年前に熱烈な鏡花愛読者だった小山内薫の妹八千代と結婚した白馬会の岡田三郎助が、書下し『草迷宮』の口絵によって洋画家担当の嚆矢《こうし》となった。このころには、春陽堂の他に、籾山書店、隆文館、文芸書院、鳳鳴社等、新規の版元が橋口五葉を起用して大正期に及ぶが、春陽堂は、千章館版『日本橋』で鮮烈に登場した小村雪岱を招いて、三六判総羽二重装の袖珍本の装画に縦横華麗な彩管を揮わしめた。鏡花に雪岱の形影相伴うごとく、「高野聖」を頂点とする明治三十年代の「鏡花の時代」にならえば、鏡花本における大正期は優に「雪岱の時代」と称えうる。

しかしこの幸福な態勢も、関東大震災による春陽堂の紙型の焼滅で終わりを告げた。大正十四年七月から刊行の『鏡花全集』十五巻の完結までに丸二箇年を要したほど、震災の痛手は大きかったのである。全集完結からさらに二年後の『泉鏡花集』は、広告に「総紫皮表紙」とある初めての革装本『鏡花双紙』に次ぐ二番目の総革装。円本『明治大正文学全集』の売上で社勢を回復、五階建新社屋が落成した記念出版の一千部限定本で、これを手にした鏡花は「まるで生きながら仏壇に祭られるようなものだ」と語ったという。春陽堂はこの豪華版限定本を掉尾《ちようび》として、鏡花の三代にわたる文業に報いたのであった。

〔参考文献〕須田千里編「単行本書誌」（岩波書店版『新編泉鏡花集』別巻二、平18・1）

※本書掲載の泉鏡花単行本は特に記載がない限り、泉鏡花記念館所蔵品である。

『活人形』
（春陽堂　明26・5）
鏡花初の単行本。書下し探偵小説シリーズ全26冊中の一冊。「冠弥左衛門」に次ぐ〈鎌倉もの〉で、翌27年1月に亡くなる父清次に見せることのできた唯一の本。表紙絵の作者は未詳。

『冠弥左衛門』口絵

『冠弥左衛門』

（田中宋栄堂　明29・9）

巌谷小波の斡旋で京都「日出新聞」に載った処女作。版元も小波の縁から。口絵は筒井年峰（月岡芳年門人）。東京朗月堂の再版本には、袋が確認されている。

『湯島詣』
（春陽堂　明32・11）
袋付。口絵は、人形を見つめる蝶吉のあどけない姿を梶田半古が描く。袋の小包郵便の意匠は、作中「白木の箱」の章にちなむ。

『通夜物語』

（春陽堂　明34・4）

袋付。表紙・扉の題字はともに師尾崎紅葉の染筆。袋の絵は、物語の発端である小石川白山一帯を描いた俯瞰図。

『黒百合』

（春陽堂　明35・3）

袋付。口絵には水野年方の落款が認められるが、後年の『白鷺』巻末の広告には、口絵鏑木清方、装幀山中古洞、とある。古洞は初出「読売新聞」連載時の挿絵担当。

『なゝもと桜』

（日高有倫堂　明39・6）

カバー付。浴衣でまどろむ髪結お欽の寝姿を描く富岡永洗の口絵は、初出「新著月刊」のものと同図。後年の清方門下伊東深水の代表作「宵」（昭8）の先蹤ともいえよう。

『草迷宮』

（春陽堂　明40・1）

カバー付。〈逗子もの〉で「春昼」と双璧をなす作。装幀、口絵は岡田三郎助。象徴性の高い油彩画をコロタイプ版とする。

『沈鐘』
（春陽堂　明41・9）
登張竹風との共訳。四六判クロース装、三方墨染の洋書風。扉の図柄は原書フィッシャー版（Berlin 1906 S.Fischer）に同じ。口絵・挿絵三葉は石井柏亭。造本・装画とも鏡花唯一の翻訳にふさわしい。

『柳筥』
（春陽堂　明42・4）
袋付。口絵（「妙の宮」）・装幀は、池田輝方と結婚前の榊原蕉園。扉絵の土人形の系図は「修紫田舎源氏」第五編の口絵を用いる。クロース装が主流となるなか、あえて菊判大和綴じの和風を貫く。

『白鷺』

（春陽堂　明43・2）

装幀は初出「東京朝日新聞」連載時に挿絵を担当した名取春仙。口絵は榊原蕉園。盆の迎火の煙の向うに立ち現れる小篠の霊。

『泉鏡花集』
（春陽堂　昭4・2）
装幀、恩地孝四郎。函付、菊判三方金総革装、金箔押唐草総模様、全冊署名落款入、本文淡色枠付二度刷、定価八円五十銭。表紙に真珠を嵌め込んだ別製本（定価十二円）があり、慶應義塾大学図書館（三田文学ライブラリー）に蔵されている。

榊原蕉園作『白鷺』口絵

鏑木清方

かぶらき・きよかた　一八七八－一九七二

昭和十二年、鏡花晩年の傑作「薄紅梅」発表当時、すでに「うすものや清方ゑがく鏡花作」の句が世に広まっていた、と挿絵担当の清方自身が述べている。鏡花清方はそれほど良く知られた絶妙の相方だったのである。しかしながら、鏡花一代の名作「高野聖」が「新小説」（明33・2）の巻頭に掲げられた時、清方は水野年方に入門後十年、挿絵画家の新進ではあったが、鏡花作品を手がけるに至らなかった。梶田半古が描く「高野聖」口絵の「ひどくサッパリした微塵も妖気の漂わない」のに「あきたらない思い」（「たけくらべと高野聖」昭44・5）を抱いていた彼は、左久良書房の刊本で、この「妖気」の再現を試みた。口絵のコロタイプ版は、色のあからさまな木版や石版よりもむしろ「妖気」の表出に適《かな》っているといってよい。

むろん清方の本領は、江戸浮世絵の正系を継ぐ美人画であって、清麗可憐な女人像の美しさは、他の追随を許さない。鰭崎英朋との競作となった『風流線』の口絵の凜然たるお龍の立姿の気品は、後続木村荘八や作家牧野信一らの愛惜してやまぬところとなった。

『三枚続』口絵

『三枚続』

（春陽堂　明35・1）

袋付。装幀・口絵ともに清方の処女作。軍鶏を抱くお夏の立姿。清方は記念すべき本作表紙の帳面「此ぬし」の横に「きよかた」と自署し愛蔵していた。

『誓之巻』

（日高有倫堂　明39・1）

口絵は清方画。時計店の新次とお秀を写した珍しい墨刷口絵。二人の頬と釣洋燈《ランプ》の炎にだけ、ほのかな紅が点じられている。鏡花自筆の題字著者名を用いたカバー付。

『高野聖』

（左久良書房　明41・2）

装幀・口絵、清方。春陽堂は鏡花一代の名作の刊行を逸し、左久良書房は唯一の鏡花本で文学史に名を残す。布と厚紙の継表紙が独特。檜皮色と赤色の二種のカバーがある。

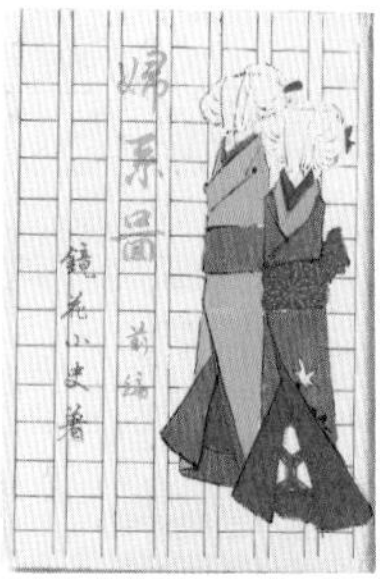

『婦系図』前編

（春陽堂　明41・2）

袋付。装幀、英朋。口絵三葉のうち、見開きが清方・英朋の合作。頁大の口絵一葉を各々二人で分担。合作は、柏屋を出た早瀬を見送る小芳、綱次、民子の女三人の姿。

『婦系図』後編

（春陽堂　明41・6）

袋付。前編と同じ分担構成。装幀、清方。見開きの妙子の髪を結うお蔦と見守る小芳の構図は、新派の舞台面に反映した。

『田毎かゞみ』口絵

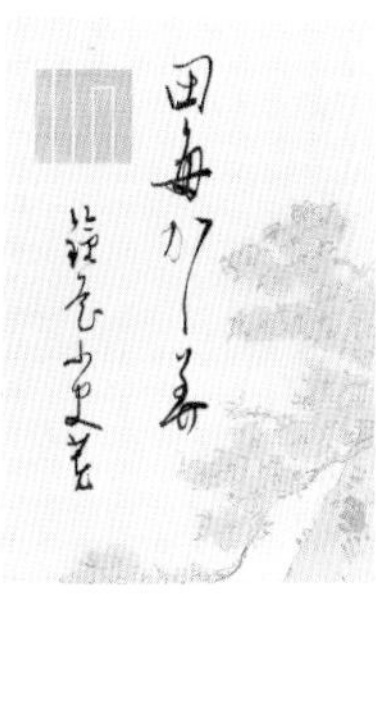

『田毎かゞみ』

（春陽堂　明36・1）

カバー付。装幀・口絵、清方。「さゝ蟹」の場面の冷え冷えとした夜気が伝わる。表紙の赤い月の円に雲形のあしらいも佳く、装丁の意匠にも清方の筆が行き届いている。

清方・英朋合作『婦系図』前編口絵

清方・英朋合作『婦系図』後編口絵

『風流線』
（春陽堂　明37・12）
袋付。装幀・口絵は清方。作中「緑の旗」の章、手取の河原の緊迫した場面、お露が縋る赤毛布のお龍と鉞《まさかり》を腰に差した捨吉の対峙。

『神鑿』
（文泉堂書房　明42・9）
カバー付。装幀は岡野栄。口絵は清方。飛彈の山奥双六谷の大巌の盤で対局する美女と坊主。天を指さす坊主は清方には珍しく動きのある姿勢。

鰭崎英朋

ひれざき・えいほう　一八八〇－一九六八　＊生年は一八八一説もあり

鰭崎英朋は、その号からも判る通り、右田年英の門人。年英は清方の師年方とは月岡芳年門の相弟子だから、ともに浮世絵の流れを汲む。明治三十五年に鏡花と同じ「新小説」編輯局に入って、日常の交流を濃やかにした。

画質は、浮世絵のうちの武者絵の伝統を受け継ぐ躍動感あふれる筆勢を特徴とする。動きの一瞬を捉える筆の冴えは、清方と口絵を競った『続風流線』の、美樹子を抱きかかえる水練の達者河童の多見次の姿を最佳品とする。水中を泳ぐ勇者の図柄は『風流線』の典拠である「水滸伝」の武者絵にもあまた見られるが、美樹子の姿態は西欧アール・ヌーヴォー絵画に形象化された「水死美人」のイメージが揺曳《ようえい》し、湖水の波紋の動きが官能的でさえある。

久保田万太郎の句「清方といへば英朋つりしのぶ」は『婦系図』での両人の合作を詠んだもの。塀に蹲《つくば》う頬冠りの男（掏摸《すり》の万太）の姿を「音羽屋」（五代目菊五郎）以来の上出来、と賞した鏡花の書簡が残っているが、英朋には作者を随喜せしめる技倆が存分に具《そな》わっていたのである。

『続風流線』
（春陽堂　明38・8）

袋付。装幀・口絵は英朋。美樹子を救う河童の多見次は「水滸伝」の浪裏白跳張順をふまえる。瀕死の美女を救う勇みの男のロマネスクな世界。

『婦系図』前編

（春陽堂　明41・2）

作者鏡花が絶讃した掏摸の万太の姿。

『婦系図』後編

（春陽堂　明41・6）

手拭を口にくわえた紋付姿の河野家長女道子の飜る袖と裾は英朋画の真骨頂。

『伊勢之巻』

（春陽堂　明38・10）

初出「新小説」の口絵は清方だったが、単行本の装幀・口絵は英朋。「五色本」のうち、春葉『泊り客』のクリーム色と本書の紅色が鮮やかで、英朋の表紙が引き立つ。

『参宮日記』

（春陽堂　大3・1）

装幀、名取春仙。口絵、英朋。雨の畷《なわて》で按摩に駒下駄を拾わせるお玉の芳艶。遠景に研屋弥太八の姿。函の題字は鏡花自筆。作品は伊勢が舞台の未完の「彫工もの」。

『愛火』
（春陽堂　明39・12）
カバー付。装幀は川村清雄。口絵は英朋により、当初木版色刷で作業が進められたが、最終的には英朋原画のコロタイプ版となった。木版用の英朋自筆版下色指定原稿（八枚）が泉鏡花記念館に所蔵されている。

橋口五葉

はしぐち・ごよう　一八八〇－一九二一

『吾輩ハ猫デアル』（明38・10－40・5）を代表とする漱石本の装幀で知られる橋口五葉の制作の最盛期は明治四十四年から大正三年までといわれる。あたかもこの五年間は彼の鏡花本担当期に当たり、従来にない斬新な意匠感覚によって、鏡花本の世界に新生面を開いたのであった。

先行する浮世絵系の清方、英朋と後続の雪岱との間に立ち、自然主義に替わる新潮流に棹さして、明治から大正への橋渡しとなった存在である。

その処女作『三味線堀』は、籾山書店から全部で二十四冊刊行された「胡蝶本」の第一冊目。背と表紙に蝶と蜻蛉をあしらった華麗な紋様と鮮明な色彩が目を惹く。『遊行車』の表紙の典拠はおそらく尾形光琳の「燕子花図屏風」であろうし、『乗合船』の背を川の橋柱に合わせた奇抜、『銀鈴集』の黄色い山吹の函と本体の紺地白抜きの撫子模様との鮮やかな対比。五葉の装幀の特徴は、こうしたアール・ヌーヴォーの感性と意匠を造本に取り入れたデザイン性の卓越であり、彼を「明治の生んだウィリアム・モリス」（西野嘉章『装釘考』平12・4）とする評価は決して過賞ではない。

『遊行車』

（尚栄堂　大2・6）

函付。五葉装幀。池に群咲くのは菖蒲ではなく燕子花であることを、空中に舞う燕が証している。全体の中間色に黒が映える。

『三味線堀』

（籾山書店　明44・1）

函付。五葉装幀の橙色の表紙が今までにない鮮色と模様で目を射る。後に鏡花に親炙《しんしゃ》した谷崎潤一郎、久保田万太郎、水上瀧太郎もみな胡蝶本を第一創作集として世に出た。

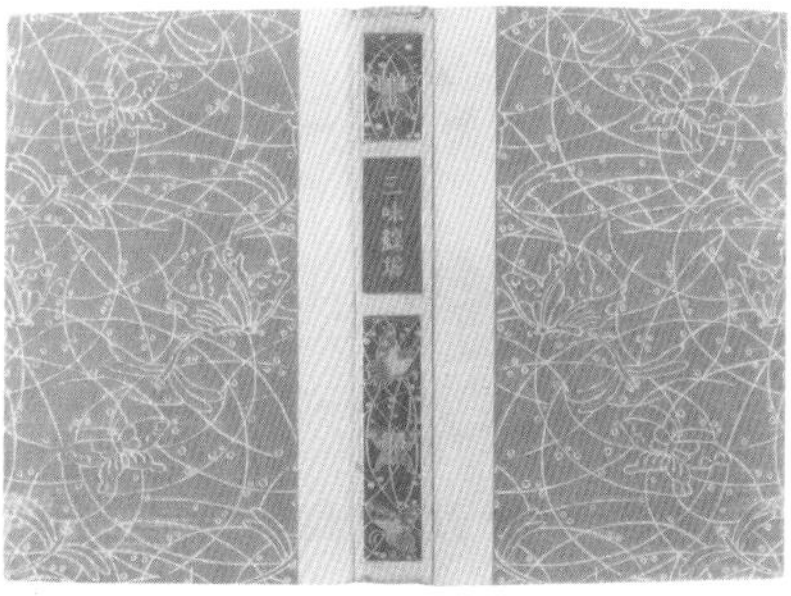

『銀鈴集』

（隆文館　明44・10）

函付。装幀五葉。函に満開の山吹の黄色模様、本体の紺地白抜きの撫子も全面に及ぼす。連続模様で本の全体を包む五葉装丁の典型を示した豪華な本。

『国貞ゑがく』

（春陽堂　明45・4）

函付。五葉装幀。貼交ぜ屏風を意識した造本。裏表紙の国貞風浮世絵美人の他は、チューリップ、桜、百合に、蜜蜂、水鳥、蝙蝠、蟹の小動物を配した花鳥世界である。

『恋女房』

（鳳鳴社　大2・12）

函付。本作が新派の女形・河合武雄のために書下された戯曲であることはあまり知られていない。孔雀模様が華麗な五葉の洋風装幀に対して、鳶口をもつ井筒屋お柳の清方口絵は婀娜《あだ》な江戸風。

清方筆『恋女房』口絵

『乗合船』

（春陽堂　大2・10）

函付。五葉装幀の発想が際立つ意匠。連続模様ではなく、橋脚を本の背として一幅の絵を描く。水鳥の泳ぐ川の波紋も美しい。

池田輝方・蕉園夫妻合作
『相合傘』口絵

『相合傘』

（鳳鳴社　大3・7）

函付。五葉の装幀は紺地に相合傘を丸で囲み、草花とのシンメトリックな連続模様。緑の葉色が美しい。口絵は、深川もの「五大力」を池田輝方・蕉園夫妻が合作した。

小村雪岱

こむら・せったい　一八八七－一九四〇

川越に生れ、安並家の養子となった小村雪岱が十五歳から二十一歳までを過ごしたのは日本橋檜《ひ》物町《ものちょう》であった。明治四十二年に鏡花の知遇を得てより五年後に、鏡花が当地を舞台とする書下し作の装幀に雪岱を抜擢したのは、その生い立ちを知っていたからに違いない。雪岱の鏡花本処女作『日本橋』には彼の装本装画の総てが凝縮している。北斎、広重の江戸名所絵は、ランドマークである並び蔵を江戸城や富士山を消失点とする遠近法で斜めに描くが、雪岱は四角い本に合わせて、これを俯瞰で上下の線上に配し、屋根の稜線で変化をつける。河岸の荷舟船頭の動きがみな異なる上に、画面の全体に鏤《ちりば》められた蝶の乱舞こそ、鏡花独自の華麗な物語世界の象徴である。

「註文帳」を収める『愛染集』では、函に雪の吉原遠景、本体は緑の中に紅梅屋敷の紅を点じ、本を開いた見返しには再び雪中の鉄漿溝《おはぐろどぶ》に佇む遊女の姿。函から本を取り出して披《ひら》き見る行為の連続性を計算し盡くした心憎いばかりの装幀であり、本を眺め取り出す過程そのものが、鏡花世界への美しい通い路となっている。繊麗な直線による遠近法の構図が醸し出す情感は無類というほかない。

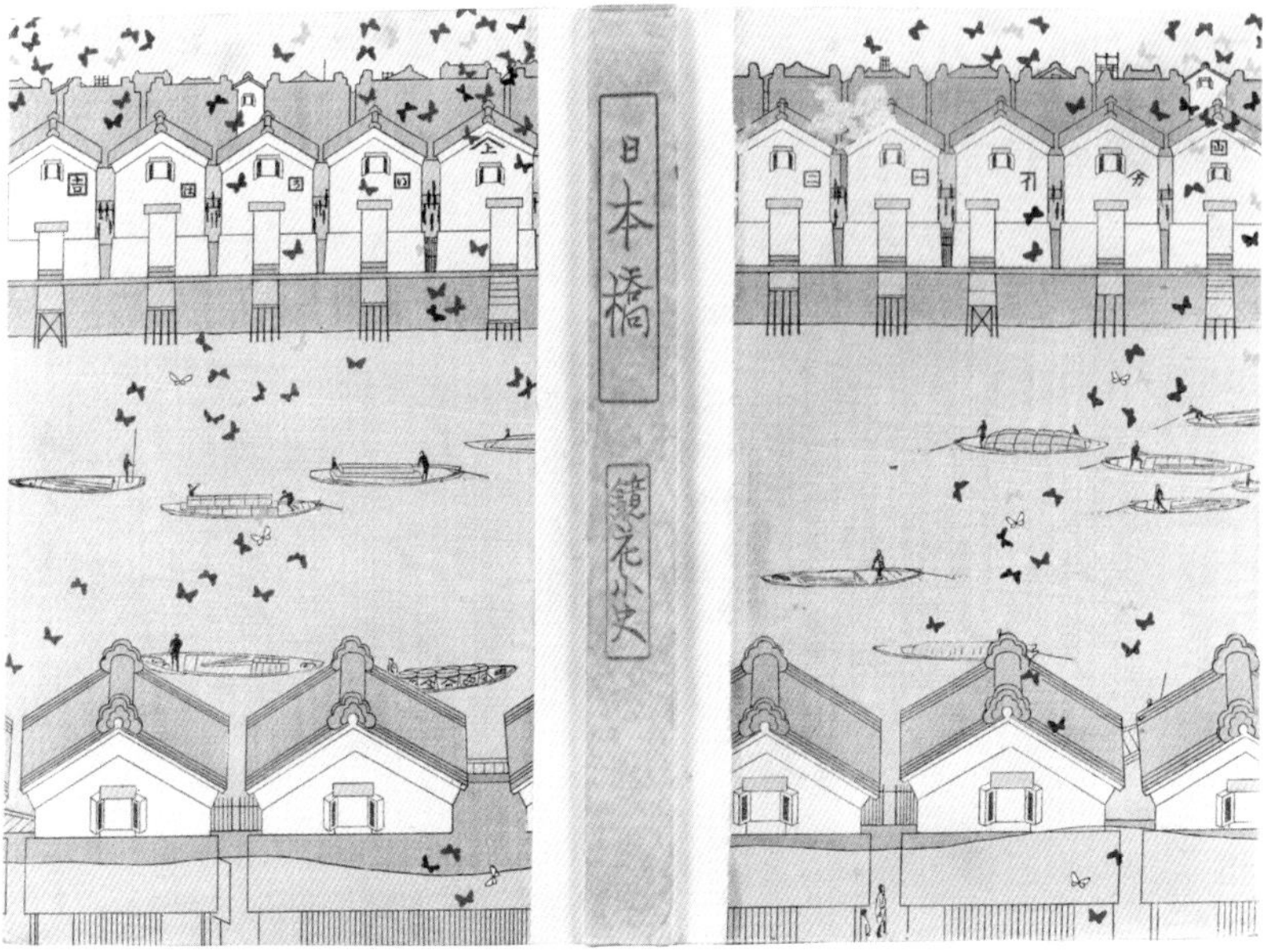

『日本橋』

（千章館　大3・9）

函付。装幀・装画、雪岱。並び蔵は連続しているが、荷舟の配置と同じく、蔵の屋号はみな違い、対称のバランスをどこかで崩してある。見返しの上下の赤い線は、日本橋の四季を描く見返し絵を二曲一双の屏風絵のごとく見せる効果をもつ。背の題字は鏡花の自筆。

『日本橋』表見返し

『日本橋』裏見返し

『鏡花選集』

（春陽堂　大4・6）

函付。装幀・装画、雪岱。「湯島詣」にちなむ表見返しは、広重の「江戸名所湯島天満宮」（天保版）を典拠とする。本書には、五十部限定三方金、雪岱手彩色の特製本が存する。春陽堂版雪岱装袖珍本の第一作。

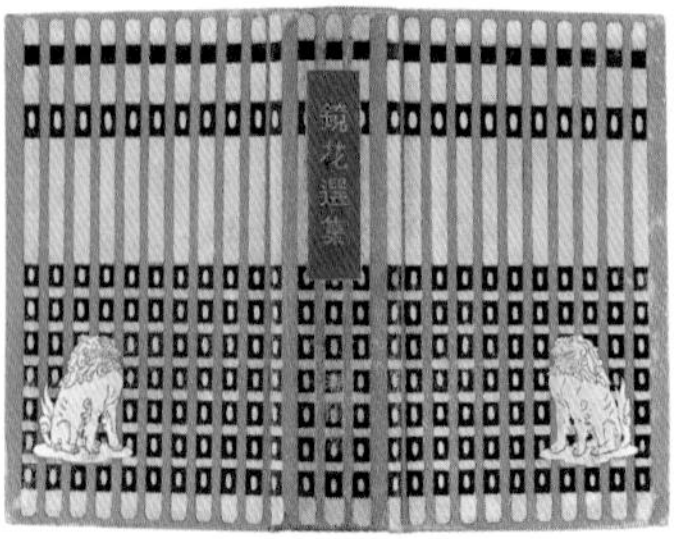

『鏡花選集』表見返し

『鏡花選集』裏見返し

『遊里集』

(春陽堂　大4・10)

装幀・装画、雪岱。見返しは画面を左右に分割、浮世絵の柱絵の体裁で、直線を多用して遠近を際立たせ、昼と夜の花柳情緒を醸し出す。

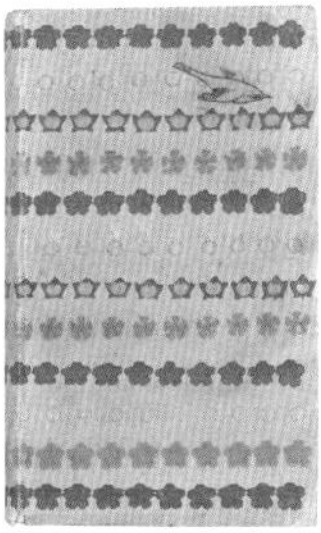

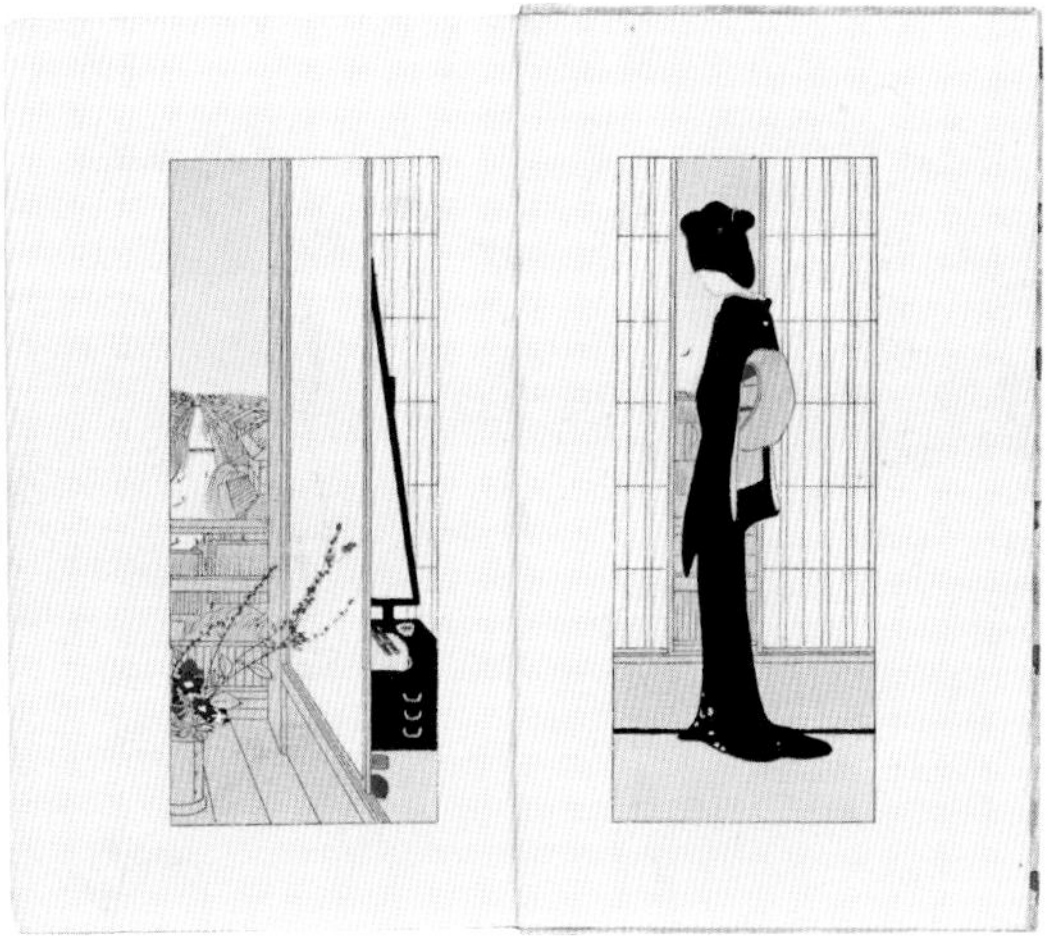

『遊里集』表見返し

『遊里集』裏見返し

『由縁文庫』
（春陽堂　大5・10）
装幀・装画、雪岱。函は松葉模様。背表紙の題字は鏡花の自筆。「霰ふる」にちなみ、秋草の中の丸橋と二人連の女人像を描く表紙絵は、「修紫田舎源氏」第九編の歌川国貞の挿絵を典拠とする。

『星の歌舞伎』

（平和出版社　大5・8）

装幀・装画、雪岱。函は全面に紫陽花。表紙絵は、夜空に北斗七星の瞬く大川端の茶屋景色を見事な遠近法、藍色主体で描く。金押しの題字は鏡花自筆、署名には朱印を用いる。

『愛染集』見返し

『愛染集』
（千章館　大5・10）
装幀・装画、雪岱。函・表紙・見返しの雪岱に続き、口絵は池田蕉園筆の「紅梅やしきのおわか」。欽之助に心中を挑む前の物思いの姿で、作中の省筆を補う。

『鴛鴦帳』表見返し

『鴛鴦帳』裏見返し

『鴛鴦帳』

（止善堂　大7・6）

装幀・装画、雪岱。函は紫苑の花、表紙には鴛鴦をあしらい、表見返しはもやい舟から大八が差し出す薪の火に手をかざす紋附姿のお新、裏見返しに毘沙門堂の扉の陰に襦袢姿のお新、いずれも風景の中に溶け込んだ人物を描く。

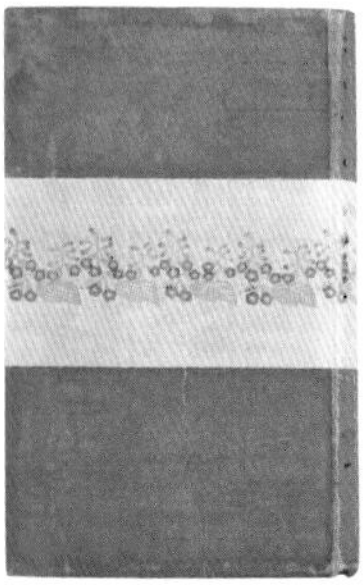

『芍薬の歌』

（春陽堂　大8・3）

函付。装幀・装画、雪岱。舞台の深川にちなみ、表見返しは弁天堂を下に堀割に架かる橋を蒼で、裏は深川洲崎の薄暮に浮かび立つ浄玄寺を薄紅で描き、物語の発端と終局を示す。橋と薄《すすき》の曲線が優美。

『芍薬の歌』表見返し

『芍薬の歌』裏見返し

『絵本辰巳巷談』
（春陽堂　大9・11）
函付。装幀、雪岱。「新小説」初出時の六人の画家の挿絵を雪岱の筆で色刷木版に起こし、「絵本」とする。表紙には深川洲崎の絵図を用い、おくれ毛のお君は新たに描かれた。雪岱の愛好する宋朝体の題字も印象深い。

『薄紅梅』

（中央公論社　昭14・10）

函付。装幀、雪岱。表紙は薄緑に金銀の花散らし。見返しは「縷紅新草」にちなむ赤蜻蛉の群。口絵は清方が団扇を取り落としたお京の夏姿を描き、着物の朝顔が季を示す。

清方筆『薄紅梅』口絵

鏡花をめぐる人々

泉鏡花研究会 編

尾崎紅葉

おざき・こうよう　一八六八－一九〇三

泉鏡太郎に「鏡花」という美しい号を授け、その生涯における唯一の師となったのが、明治期を代表する小説家・尾崎紅葉である。

明治十年代末、東京大学予備門の青年たちを中心とした文芸愛好グループ・硯友社を結成した紅葉は、小説改良の旗手として注目されていった。そして満を持して発表した「二人比丘尼 色懺悔」（明治二十二・四）の成功によって一躍文壇の寵児となる。鏡花はこの小説に鮮烈な印象を受け、紅葉が「読売新聞」に連載した「夏痩」（明治二十三・五－六）を読むに至って創作意欲が昂じ、ついには弟子入りを志して上京。紆余曲折の末、明治二十四（一八九一）年十月十九日、紅葉との対面が叶い入門が許される。鏡花十七歳、紅葉二十三歳のことである。翌日から約三年半、鏡花は玄関番として

帝国大学附属病院退院後の紅葉。明治三十六年三月撮影　提供：日本近代文学館

住み込みながら、紅葉の膝下で学んでいった（以上「自筆年譜」）。

　修行の最中、父の死から精神的に不安定になった鏡花を心配し、叱咤激励したのは紅葉であった。紅葉にとって鏡花は最初の内弟子であり、その異才を愛し熱心に指導した様子が添削ぶりからもうかがうことができる。日清戦争後、鏡花は小説家として急成長し、一方の紅葉も「金色夜叉」（明治三十一－三十五）の連載でますます人気を博していったのだが、未完のまま病に倒れ、明治三十六年十月三十日、三十五歳で逝去。鏡花は門弟を代表し弔辞を読んだ。

　師弟の作風は異なるが、文章を洗練することへの鏡花の意識の高さは紅葉譲りだといえる。自ら監修した春陽堂版『鏡花全集』（大正十四・七－昭和二・七）で師からの励ましの手紙や添削原稿を巻頭に掲げる鏡花の態度には、紅葉の存在を精神的支柱とする信仰の如き想いもみえる。ただ一度、将来妻となる神楽坂の芸者・すずとの恋愛のために、鏡花は紅葉を心配させ激怒させたが、それも「婦系図」（明治四十・一－四）の名場面として昇華してみせた。師への尊崇の念は生涯変わることなく、紅葉作品への憧れと愛着もまた、「身延の鶯」（大正十一・一－三）や「卵塔場の天女」（昭和二・四）などへ、鏡花は描き込んでみせている。

（馬場美佳）

小栗風葉

おぐり・ふうよう　一八七五―一九二六

柳川春葉

やながわ・しゅんよう　一八七七―一九一八

小栗風葉は愛知県知多郡半田村の生まれ。幼名磯平、のち磯夫と改める。家業の薬種商を継がせようとする父親との軋轢《あつれき》のなか、薬学校入学を名目に明治二十三（一八九〇）年三月に上京。翌年、「千紫万紅《せんしばんこう》」に「水の流」を投稿し、掲載となる。これを機に秋頃「色是魔《しきぜま》」を携えて尾崎紅葉宅を訪問し入門を許され、翌春より指導を受ける。[*66] この訪問時に取り次ぎをしたのが十月に玄関番となったばかりの鏡花であった。紅葉門下「四天王」の中でも風葉は鏡花とともに「牛門の二秀才」と評されたが、生活の乱れから度々師の叱責を受けた。紅葉亡き後、明治三十八年三月五日付「読売新聞」に代表作となる長編小説「青春」を連載。自然主義的作風に移行するが、生活上の退廃から明治四十二年五月に豊橋に退隠し、中央文壇から遠ざかる。

前列右から徳田秋聲、小栗風葉、後列右から柳川春葉、小峰大羽　明治四十年頃撮影　提供：徳田秋聲記念館

柳川春葉は東京下谷の生まれ。本名専之《つらゆき》。学友村山鳥逕《ちょうけい》が広津柳浪の親戚であった縁から門を敲くものの断られる。明治二十六年、紅葉の友人であった鳥逕の叔父の伝手《つて》によりその門下となり、翌年五月に紅葉宅の玄関番となる。[*101] この時、鏡花は父清次死去に伴う帰郷中で、九月の上京で対面となった。二十八年七月には風葉が玄関番に加わり、ともに紅葉の教導を受けた。「泊客」（明治三十六・一）などの短編、さらには中間小説、家庭小説で人気を博す。劇作や脚本も手掛け、新富座「婦系図」初演時（明治四十一・九）、本郷座「白鷺」初演時（明治四十三・四）には脚色を担当した。

紅葉の胃癌罹患の折、これを知った鏡花が第一に打ち明けて相談したのは、前後して入門した風葉であった。療養や葬儀において門生の中心となったのもこの両名で、「黴」（明治四十四・八・一－十一・三）を発表した徳田秋聲には強く反発した。一方、春葉は鏡花にとって「一番気の合つた相弟子[*101]」で、小品「春着」（大正十三・一・一－四）では「よく罪のない噓を言つて、うれしがつて、けろりとして居た」と回想される。その訃報に接した鏡花は門生時代を懐かしみ、着道楽の春葉のため「着物を新調して遺骸に纏はせたい[*17]」と偲ぶ。「薄紅梅」（昭和十二・一－二）に登場する「月《げつ》府玄蟬《ふげんせん》」と「弁持十二《べんもちじゅうに》」はそれぞれ風葉と春葉がモデルと推定される。

（市川紘美）

徳田秋聲

とくだ・しゅうせい　一八七二－一九四三

本郷・森川町の自宅書斎にて　昭和期の撮影　提供：徳田秋聲記念館

泉鏡花の生誕地より浅野川のやや上流に当たる屋敷町・横山町で下級武士の家に生まれた自然主義作家の徳田秋聲は、鏡花と同じ尾崎紅葉門下の作家である。一学年違いだった養成小学校時代含め少・青年期にほぼ面識はなく、一足先に文壇に出た鏡花の背中を追いながら秋聲は作家への道を歩むことになる。

明治二十五（一八九二）年、上京した秋聲が横寺町の紅葉宅を訪問すると、ちょうど鏡花が玄関番をしており、のち二十八年に住み込み勤務をした博文館で鏡花に再会し、紅葉への再訪を勧められ同門としての交際が始まる。秋聲が紅葉宅裏手の「十《と》千《ち》万堂《まんどう》塾」と名付けた家で小栗風葉、柳川春葉、泉斜汀、田中涼葉らと共同生活を始めると鏡花がしばしばそこを訪れ、両者にとって最も親密な関係の時代が到来した。

しかし紅葉没後の「黴」（明治四十四）で、秋聲が師をもリアリズム的解剖の対象としたことが鏡花らの強い反発を招き、長い確執が始まる。この同門の両雄の不仲は文壇でも有名で、大正十五（一九二六）年には改造社の『現代日本文学全集 尾崎紅葉集』の打合せの席で、紅葉に言及した秋聲を鏡花が殴打したという噂が流れた。これには複数の証言があり詳細は不明だが、そもそも文学的にも性格的にも対照的な二人であり、関係の修復は困難であると見られた。

しかし、昭和八（一九三三）年に泉斜汀が秋聲所有の「フジハウス」で急死したことで、図らずも交流が復活する。秋聲「和解」（昭和八・六）に描かれたこの出来事を文字通り和解と解釈できるかはともかく、晩年にやや関係が修復されたのは確かである。秋聲の病床を鏡花が見舞ったこともあったようで、鏡花の臨終にこそ立ち会えなかった秋聲だが、その戒名の選定に関わっている。秋聲のことをほぼ書かなかった鏡花に対して、秋聲の方は年下の兄弟子の特異な性格や彼に対する複雑な感情を多く書き残しており、その文学についても「子供が無関心の情態から、屢《しば》ば知らず識《し》らず大人を馬鹿にしてゐる」（「亡鏡花君を語る」昭和十四・十）という独特な表現で評価している。[*99][*110]

（大木志門）

後藤宙外

ごとう・ちゅうがい　一八六七―一九三八

撮影年未詳　提供：日本近代文学館

鏡花の「自筆年譜」明治三十（一八九七）年四月の条には、「宙外、後藤寅之助氏、新著月刊を起したる、其の首巻に「化鳥」を書く。[*33]」と記されている。声望高くも短命に終わった文芸誌の編輯人を務めた宙外と、賛成員に名を列ね、鮮烈な口語体小説を寄せた鏡花。ともに新進の作家であった二人はこうして接点を持ちはじめ、その年の「夏の頃から」「親密」な関係を結ぶようになった。[*38]
なお、鏡花は当誌に「清心庵」（明治三十・七）、「七本《ななもと》桜」（同・十一）、「蛇くひ」（明治三十一・二）等をも掲載。「後藤宙外は早稲田を出ると紅葉幕下《ばっか》に馳せ参じ、硯友社の客将として其の『新著月刊』を硯友社の新版図《しんはんと》に献じた。[*13]」とは内田魯庵の回想であるが、鏡花こそ、最も厚遇された一人にほかならなかった。

明治三十二年八月、鏡花は宙外を訪ねて、会津若松、東山温泉に遊んでいる。この旅行を契機として、「弓取町人」（明治三十三・一）や「白羽箭」（明治三十六・十一）が手がけられた。こうした事実からも伝わる通り、宙外との交流は、明治期の鏡花文学の一面を豊かに彩るものとなったのである。

二人の深いつながりは、明治三十三年二月に「大刷新大改善[*2]」された春陽堂の文芸誌「新小説」という場においても見届けることができる。このとき編輯主任者に抜擢されたのが宙外であり、それまで客員の身であった鏡花は正社員として新たに携わることとなった。明治四十三年末に宙外が主幹を退任するまでのおよそ十一年間にわたるこの体制は、鏡花にとって、殊にその意義が重い。師・紅葉の病歿、自然主義の盛衰と、変転めまぐるしい文学情勢下にあって、鏡花みずから「代表作[*12]」と称した「高野聖」（明治三十三・二）に始まり、「註文帳」（明治三十四・四）、「春昼」（明治三十九・十一）等々、小説にかぎっても二十九篇を誌上に発表し得たためである。「歌行燈」（明治四十三・一）も、そのうちの一作。周知の通り、本作の成立は、宙外らが明治四十二年に発足した「文芸革新会」の地方講演会に同行し、伊勢、桑名を訪れたことが機縁となった。

鏡花の、とりわけ明治期における文筆を支えた一人として、後藤宙外の名は逸せられない。

（吉田遼人）

泉斜汀

いずみ・しゃてい　一八八〇－一九三三

鏡花の実弟。本名豊春《とよはる》。明治二十八（一八九五）年十月以降に上京し、翌年五月から大塚の借家に同居した。[*84]当初は海軍兵学校を志すが、[*5]紅葉の門弟となる。斜汀の号は内藤鳴雪から授かった洒《しゃ》亭《てい》の俳号にちなんで紅葉が名付けたと伝えられる。[*56][*58]紅葉の日録には銭湯や床屋に斜汀を伴う記事が散見され、最側近の愛弟子として仕えたことがうかがえる。明治三十一年十月、少女雑誌にお伽話を書くところから出発し、博文館の「少年世界」にも寄稿。出世作となった「彫像記」（「新小説」明治三十三・十）は、姉の他賀を引きとった波乱を題材にしている。「金剛石《ダイヤモンド》」（「文藝倶楽部」明治三十六・四）等で脚光を浴びるも、鏡花の亜流の誹《そし》りを脱するには至らなかった。

明治三十九年八月、「北海タイムス」に招聘されて札幌に赴くが、翌夏に退社。帰京前後に春陽

鏡花（右）と斜汀（左）　明治三十年頃撮影　提供：泉鏡花記念館

堂から刊行した『深川染』前後篇（明治四十・四―五）には、畔柳芥舟《くろやなぎかいしゅう》・登張竹風《とばりちくふう》・後藤宙外が序文を寄せた。また本名で出した『帝大教授学生気質』（明治四十三・十二）は、竹風や姉崎正治《あねさきまさはる》（嘲《とう》風《ふう》）が実名で登場する逸話集である。大正七（一九一八）年頃からは大衆文学に活路を見出し、「探偵雑誌」連載の「彌太吉老人捕物帳」シリーズは、「時代ミステリの嚆矢」として評価が高まっている。[*106] 晩年は不遇とされ、昭和二（一九二七）年、改造社や春陽堂の校正に従事し糊口を凌いだ苦境が上林暁の小説[*55]にもうかがえる。徳田秋聲の経営するアパートに身を寄せ、敗血病（髄膜炎）で急逝した最期については、秋聲の「和解」（昭和八・六）が描き写すところである。

斜汀は三度妻を持った。最初の妻は千葉県印旛沼の豪農の娘で結核を病んだ。[*21] 二度目の妻は「泉斜汀氏新婦人」と読売新聞（大正十一・二・十四）に写真が載った名婦であり、生まれた長男櫻《さくら》は、堀尾成章《しげあき》の姪の嫁ぎ先である新井家の養子となり、長野県上松に居住し能楽師として活躍した。[*77] 斜汀の死の三か月後、最後の妻との間に生まれた長女名月《なつき》は、鏡花没後、生母とともにすず夫人に引き取られて養女となった。生まれるのが仲秋の名月の頃だからと父が名付けてくれたという。[*64] 櫻と名月、鏡花水月にちなむ命名に、兄鏡花への終生変わらぬ崇敬の念が偲ばれるようにも思われる。

（鈴木啓子）

樋口一葉

ひぐち・いちよう　一八七二―一八九六

明治二十八年撮影　提供：日本近代文学館

明治二十八（一八九五）年一月より「文學界」に「たけくらべ」を発表し、文壇でも注目されつつあった樋口一葉（本名・なつ）は、鏡花が「当時ひとり、みづから目したる、好敵手[*32]」であった。両者の交流がいつ始まったのかを特定する資料は見つかっておらず、博文館で「日用百科全書」の編輯をしていた鏡花が、同年五月以降、本郷丸山福山町三番地に住む一葉を訪問したのではないかと考えられている[*57,*79]。翌年五月六日付一葉宛書簡（年次推定）からは一葉を訪問した事実を確認できるが、一葉の日記には鏡花の訪問に関する記載がなく、同年七月十七日「先客に泉鏡花君」がいたとの泉谷氏一の証言があるほかは具体的な訪問日時は明らかになっていない[*47]。しかし、一葉の容体を気遣い（明治二十八・八・二十四日付書簡）、危篤の一葉を見舞うなど、短期間ながら浅からぬ親交があったことがうかがわれる。

また、一葉は文壇で初めて「夜行巡査」（明治二十八・四）を評価した人物でもあった。[*4] 鏡花も折に触れて「たけくらべ」に言及しており、「たけくらべ」の成功に触発されて「誓之巻」連作（明治二十九・五－三十・一）や「照葉狂言」（同二十九・十一・十四－十二・二十三）などの作品世界が開拓されたと考えられている。[*62] 笠原伸夫は「たけくらべ」からの影響を肯定しつつも、この頃に萌芽する鏡花の「超越的、夢幻的傾向」は一葉作品には見られない独自の文学的資質であると述べている。[*78]

鏡花が一葉を敬慕していたことは「一葉の墓」（明治三十三・十）などにも表れており、「三枚続」（明治三十三・八・九－九・二十七）「式部小路」（明治三十九・一・一－二十七、翌四十年一月単行本化）のヒロイン・夏には一葉の本名が使用されてもいる。[*76] 後年、談話や座談会で鏡花が断続的に語る一葉は「文學界」派が伝える一葉の姿とは乖離《かいり》している。一葉歿後長い年月をかけて「福山町の姉さん」[*27] として鏡花のなかで育まれてきた一葉像は「薄紅梅」（昭和十二・一・五－二・二十三）において「自己の心象に準じた永遠の女性像[*98]」として結実するのである。

（川島みどり）

森鷗外

もり・おうがい　一八六二－一九二二

本郷・駒込千駄木町の観潮楼門前にて　大正四年撮影　提供：日本近代文学館

鷗外追悼文「みなわ集の事など」（大正十一・八）によれば鏡花と鷗外の初対面は西園寺公望主催の雨声会初回、明治四十（一九〇七）年六月十八日のことである。その記述からも窺える『水沫《みなわ》集』や『即興詩人』への親昵《しんじつ》が「照葉狂言」（明治二十九・十一）などに及ぶとする指摘[*65][*74]もひとまず首肯し得るが、鷗外文学の本質に深くまなざしを向けていた形跡はない。鷗外の日記や書簡に鏡花の名が見えないことからも、作家同士の直接的な接点は希薄だったとみられる。

一方、「めさまし草」を中心とする時評には明治三十年代初頭に至る鏡花初期作品が相当数取り上げられている。ただし多くは表現上の不備の指摘に留まり、内実に視線が届いているとは言い難い。「鷗外漁史とは誰ぞ」（明治三十三・一）で鏡花を「末流文壇」のうちに位置づけるのもその延長線上にある。

　鷗外作品上で鏡花評価が目立った変化を示すのは明治四十年代に入ってからである。「電車の窓」（明治四十三・一）の「鏡花の女」に最初の鮮明な像が結ばれるが、鏡花文学の本質に渉《わた》るのは「灰燼」（明治四十四・十）である。鷗外の鏡花評価転換の時期を考えれば「灰燼」の舞台が明治三十三年に設定されていることはおそらく偶然ではない。同年十月、山口節蔵は鏡花崇拝家の学生と会話を交わす。「鏡花は僕も好きだ」「鏡花は今丁度第一の詩人と云はれる時が来てゐるのだ」という節蔵の評価を鷗外も共有していたとみてよい。これを機に節蔵は執筆への欲求を募らせるのだが、「写実を唯の標準にしてゐる周囲を離れて、自分は縦《ほしい》ままに空想を馳せて見たい。その中で間接には写実をも棄てない積りである」と節蔵が考えるとき、「縦まま」の「空想」に鏡花が想定されていたことはまちがいない。「灰燼」の前哨たる「青年」（明治四十三・三―四十四・八）の小泉純一もまた自然主義的写実と霊的想像力との綜合を模索していた。

　鷗外「サフラン」（大正三・三）の表現を借りれば、鷗外は鷗外の生存をし、鏡花は鏡花の生存をしていたとしても、文学的想像力の辻で両者の袖はたしかにふれあっていたはずである。


（松村友視）

夏目漱石

なつめ・そうせき　一八六七－一九一六

本郷・駒込千駄木町の自宅にて　明治三十九年三月撮影　提供：日本近代文学館

「鏡花ハ妖怪的天才ナリ」の評で知られるのが、漱石の倫敦時代に書かれた「文学論ノート」（明治三十四、三十五）である。ロンブローゾの『天才論』を下敷きにしており、天才とは「自然の法則」と「社会の制裁」（併せて「運命」と呼ぶ）に立ち向かい、これを覆さんとする者の謂いで、容れられた時は天才となり、容れられない時は狂人になるという。鏡花は世に容れられたので天才ということになる。鏡花作品への言及は「吾輩は猫である」が最初で、「鏡花の小説にや雪の中から蟹が出てくるぢやないか」とあり、「銀短冊」（明治三十八）を読んでいたことが分かる。「猫」では続けて、蛸壺峠で出された蛇飯の話になるが、鏡花も「蛇くひ」（明治三十一）で同様の話を扱っている。原典は荻生徂徠の「飛驒の山」であるが、漱石がいずれに拠ったかは不明である。漱石が鏡花に最も近づくのは「草枕」（明治三十九）である。鏡が池に椿が落ち、那美の表情に「あはれ」という刹那の美が点じられれば、那美も身投げした志保田の嬢様も救われるという構図になっている。このなかに鏡花水月が寓意されている。しかし、鏡花への反発も早くからあった。「銀短冊」を指して、「不自然を極め、ヒネクレを尽し、執拗の天才をのこりなく発揮して居る。（略）玉だらけ疵だらけの文章だ。」（明治三十八・四・二付　野村伝四宛書簡）と厳しく、「海異記」（明治三十九）についても「どうも馬鹿々々しいと云ふ感より外に起らなかつた。」（明治三十九・一・九付　森田草平宛書簡）と手厳しい。その文章、世界に天才性を認めながらも、近代を学ぼうとしない鏡花に次第に苛立っていったということであろう[*93]。

二人の接触は「満韓ところ〴〵」の旅直前の、明治四十二（一九〇九）年八月二十七日に鏡花が夏目家を訪い、「白鷺」（明治四十二）の「東京朝日新聞」への掲載を依頼し、それが実現したことである。漱石書簡にその時の経緯が見て取れる。鏡花が漱石に触れている書簡は、「北海タイムス」にいる斜汀のため、夏目家に原稿の依頼に行き、断られたことの経緯が書かれている明治三十九年十二月二日・十日付の二通である。ほかに「夏目さん」（「新小説」大正六・一）がある。

（上田正行）

柳田國男

やなぎた・くにお　一八七五－一九六二

昭和十二年十二月撮影　提供：日本近代文学館

日本民俗学の創始者・柳田國男と鏡花の出会いは明治三十一（一八九八）年頃と推測される。[*70] 柳田國男『故郷七十年』（昭和三十四・十一）によると、柳田が吉田賢龍の大学宿舎四人部屋の外を通った際に声をかけたところ、畔柳芥舟《くろやなぎかいしゅう》に「おい上がらないか」と呼ばれ「窓に手をかけ一気に飛び越えて部屋に入った」、そこに居合わせたのが鏡花であったという。この初の対面は鏡花に鮮烈な印象を残し、「湯島詣」（明治三十二・十一）では主人公の友人・龍田若吉の行動に取り入れられ、さらに後年の談話「泉鏡花座談会」（昭和二・八）でも柳田について「毛糸の襟巻をして、大学の寄宿舎の窓から飛込んだ人」と語っている。

「湯島詣」以外にも「錦帯記」（明治三十二・二）、「道中一枚絵 その一」（明治三十七・一）など鏡花は柳田をモデルとした人物を度々描いた。また「山海評判記」（昭和四・七－十一）では邦村柳郷という名の博士によるオシラ神研究が重要な役割を果たすが、言うまでもなくこれは柳田の学問の影響である。こうした例は大正以降の鏡花作品に多数見られ、「夜叉ヶ池」（大正二・三）、「龍膽と撫子」（大正十一・一－十二・九）、「貝の穴に河童の居る事」（昭和六・九）をはじめとした作品において柳田民俗学の受容が指摘されている。[*75][*83][*85][*94] 鏡花が『遠野物語』（明治四十三・六）を「再読三読、尚ほ飽くことを知らず」「近来の快心事、類少なき奇観なり」（「遠野の奇聞」明治四十三・九）と絶賛したことは知られているが、その後も柳田の研究に興味を寄せ続けていたことがうかがえ、さらに著作のみならず二人の間には親密な交流があった[*85]という。

　柳田によって鏡花の死の翌年に記された「泉鏡花が去つてしまつてから、何だかもう我々には国固有のなつかしいモチーフに、時代と清新の姿を賦与することが、出来なくなつたやうな感じがしてならぬ」（「文芸と趣向」昭和十五・四）といった言からは、「鏡花門徒」を自認する柳田の鏡花に対する一貫した評価の高さが滲み出ており、創作と研究において両者の関心が常に響きあっていたことを感じさせる。

（富永真樹）

鏑木清方

かぶらき・きよかた　一八七八－一九七二

昭和三十一年五月撮影　提供：鎌倉市鏑木清方記念美術館

鏑木清方は、泉鏡花の小説に挿絵を描き、本の装幀を手がけた画家として小村雪岱とともによく知られている。清方による美麗な鏡花本は「鏡花作、清方ゑがく」と称され、その名コンビぶりが讃えられた。

雑誌「文藝倶楽部」を購読していた清方は、鏡花を同誌で知り、彼が畠芋之助の名で明治二十八（一八九五）年に発表した「妖怪年代記」から読んでいたという。主に「文藝倶楽部」等の雑誌に掲載された鏡花作品を読み進めるうちに本格的な愛読者となった。特に「高野聖」は、樋口一葉の「たけくらべ」とともに生涯にわたり愛した小説である。

明治三十四年五月、清方は春陽堂から『三枚続』の口絵と装幀の依頼を受け、七月には版下絵の制作まで進んでいた。同年八月に、安田善之助（松廼舎《まつのや》）が清方と鏡花を本所横網の自邸で引き合わせ、清方はようやく念願が叶い鏡花との対面を果たしたのであった。二人は初対面ながらも旧知の仲のように打ち解け、公私ともに親しい交流が始まった。翌年一月に発行された『三枚続』は、「鏡花作、清方ゑがく」の相三味線のような関係が始まる記念碑的な作品である。以降も鏡花没年に発行の『薄紅梅』に至るまで多数の口絵や挿絵を描き、没後に編纂された岩波書店版『鏡花全集』の装幀も手がけた。一方で鏡花原作の芝居にも関わり、「通夜物語」では画家の清役を演じる役者のために絵の指導をしたり、興行中に毎日下絵を提供したりなど、物語の山場を画家として支えた。

　清方は明治後半に人気挿絵画家として活躍した後に日本画家へと転向、大正の画壇で地歩を固めたが、以降も鏡花の小説に取材した日本画作品を好んで描いた。昭和四十四（一九六九）年に開催した個展に際し、「高野聖」に材を求めるなど、最晩年まで鏡花作品は清方の創作の源泉であった。鏡花の短文「一葉の墓」に触れたことが契機となり、生まれた初期の名作に「一葉女史の墓」（明治三十五）がある。晩年に本作を自身の芸術の源流と位置付けたことからも、鏡花との出会いと歩みが、彼の芸術の礎になったことがうかがえる。

（今西彩子）

鰭崎英朋

ひれざき・えいほう　一八八〇―一九六八（生年は一八八一年説あり）

大正十五年六月二十六日撮影　提供：弥生美術館

鏡花の小説で唯一、絵師の名を冠した「国貞ゑがく」（明治四十三・一）がどうも気になる。亡母遺愛の錦絵二百余枚をめぐるドラマはさておき、美人画では喜多川歌麿や渓斎英泉も知られるなか、なぜここは歌川国貞なのか。幕末に大流行し、民家に多数あっても不思議でないという事情もあるだろう。だが、どこか頽廃的《たいはいてき》で押しの強い国貞の美人こそが、鏡花の作品世界にはよく合うように思われる。

そう考えると、鏡花の作品を彩った絵師たちのうち、鏑木清方・鰭崎英朋・小村雪岱の三人に評価が集まるのも自然である。清方は国貞の弟弟子、歌川国芳から月岡芳年―水野年方という流れを汲むし、雪岱は日本画を学ぶ一方で国貞に私淑した。そして英朋もまた、芳年門の右田年英を師と

する、歌川派の末裔だったのである。[*81][*88]

明治三十五（一九〇二）年九月、英朋は尾崎紅葉の推薦で春陽堂に入り、単行本や「新小説」の口絵・挿絵で活躍する。鏡花の作では、「続紅雪録」（明治三十七・四）、「海異記」（明治三十九・一）、「雌蝶」（明治四十一・一）、「吉原新話」（明治四十四・三）の口絵を描いた。また、単行本でも『続風流線』（明治三十八・八）、『伊勢之巻』（明治三十八・十）、『愛火』（明治三十九・十二）、『婦系図』前後編（明治四十一・二／四十一・六）、『活人形』（明治四十三・九）、『参宮日記』（大正三・一）の口絵を任されている。『婦系図』二冊には、清方との合作もあって珍しい。

鏡花との初対面の時期は不明だが、明治三十七年四月の写真には、後藤宙外と三人でくつろぐ様子が写っている。明治末年にはさらに親しみを増し、笹川臨風を会合に誘った連名の葉書（明治四十三・四・二十二付）や、英朋が画を、鏡花と宙外が讃を記した合作（明治四十四）も残されている。

明治期の制作慣習では、作者が口絵・挿絵の図柄にまで関与するのが一般的で、鏡花もその文化のなかに生きていたことが、『愛火』口絵に関する英朋宛書簡（明治三十九・九・十二付）から知られる。その意味でも絵師との信頼関係は重要で、鏡花作品に寄せた英朋の絵に秀作が多いのも、決して偶然ではないのである。

（出口智之）

寺木定芳

てらき・ていほう　一八八三―一九七二

仙台生まれ、本名甫《はじめ》。父は建設業寺木組を率いていたが、仙台二中三年の時に歿し、家督相続して父の名定芳を継いだ。第二高等学校受験に失敗、上京して早稲田の文科へ入り、鏡花の南榎町時代に入門して花門と号した。明治三十六（一九〇三）年十二月に渡米、メリーランド州立大学の薬学部から歯学部へ転じ、在米中の三十八年六月「中学世界」（八巻八号）に載った「新狂言」は鏡花名義ながら末尾に「寺木生」とあり、これが処女作となる。大学を卒えてセントルイスの矯正歯科専門校アングルスクールの日本人初の修了生となり、四十一年に帰国した時、鏡花は逗子滞在の足かけ四年目に入っていた。同年九月、赤坂田町に診療所を開き、十一月のすず夫人の手術にも立ち会った。開業医のかたわら、東京歯科医学院（現・東京歯科大学）、日本歯科医学専門学校（現・

前列右から岩永花仙、原口春鴻、寺木定芳、後列右から橋本花涙、田中万逸、泉斜汀　明治三十六年十月撮影　提供：泉鏡花記念館

日本歯科大学）に教鞭を執り、『歯科矯正学綱領』（歯科学報社 大正二・六）を出版。大正中頃、牛《うし》圓貞《まるさだ》（もと新劇女優衣川孔雀。一八九四－一九八二）を夫人に迎えて、円満な家庭を営み、四男二女をもうけたが、関東大震災で鎌倉の自宅の倒壊火災に遭い、長男甫、次男京二郎の双子の愛児を喪った[*67][*86]。

　鏡花夫妻から「坊ちゃん」と呼ばれて愛されたが、この名は明治三十五年夏、最初の逗子滞在の時以来のものだという（泉斜汀「転居記」「新小説」明治三十六・三）。

　鏡花歿後、岩波書店版全集の編輯に従い、「一門下生」の名で月報に連載の「思ひ出話 番町の先生」を増訂した『人、泉鏡花』（武蔵書房 昭和十八・九）は、他の門人、橋本花涙（繁）、田中花浪（万逸）、岩永花仙（端）らが、師に関する文章を残さなかったため、鏡花の日常動静を間近に伝える唯一無二の書となった。鏡花を偲ぶ「七日会」の世話人となり、湯島天神の筆塚建立（昭和十七・九）など鏡花文学の顕彰につとめ、また堀尾成章とともに泉家の後見として、堀尾逝去（昭和十九・二）のあとも、戦後に長命を保って、すず未亡人、遺品を護る嗣子名月を手篤く支え続けた功は、余人の遠く及ばぬところである。

（吉田昌志）

田島金次郎

たじま・きんじろう　一八七四－一九六五

撮影年未詳　提供：（公財）松竹大谷図書館

泉鏡花の人と文学に傾倒し、神田謹三の筆名で数多くの思い出を書き残した田島金次郎は、断《だん》という号を持つ。明治四十（一九〇七）年秋、逗子滞在中の鏡花を訪ね、翌年、鏡花会を発起。第四回まで世話役を務めた。第一回の会場だった築地の待合「浜松」の女中お富を鏡花に紹介する。お富は「白鷺」（明治四十二・十・十五－十二・十二）の主人公小篠のモデルとなり、自身はパトロン津川として登場する。泉斜汀「刺」（大正二・三）でも「刑事さんと渾名のある薬種問屋の主人」として描かれた。明治四十二年、鏡花が東京に戻るに当たって、土手三番町の貸家をみつけた。

東京・赤羽に生まれた田島は、東京帝国大学に学び、長らく歌舞伎の守田勘弥家の番頭（秘書兼支配人）を務めた。その間、神田で薬種問屋を営み、本派本願寺付属布哇《ハワイ》中学で教鞭を執った時期もあった。ハワイでは旺盛に文筆活動を行ったらしく、その一端は創作集『夕日のない島にて』（大正六・春）、『夕日のない島を去る時』（大正九・十二）からうかがえる。

〈お化け好き〉で、怪談会にも参加。鏡花の「序」を巻頭に据えた『怪談会』（明治四十二・十）では、鏡花の「一寸怪」につづいて「藤守座の怪」「船中の幻覚」が掲載されている。田中貢太郎『日本怪談全集』全四巻にも怪談話を提供した。

鏡花没後、新たに岩波書店から『鏡花全集』が刊行されることになり、堀尾成章の推薦を受けた田島は、版元の編集実務担当者が整理しきれなかった草稿や未定稿、さらには書簡の下書きに至るまで時間を掛けて精査し、全集の密度を高めた。鏑木清方が題簽《だいせん》を揮毫《きごう》した自筆原稿は、慶應義塾大学三田メディアセンターに保存されている。また、稿本「鏡花先生著作目録」を作成し、鏡花書誌の礎を築いた。

鏡花に女性日本画家榊原蕉園を紹介し、小村雪岱を舞台装置家に誘い入れたことも田島の功績である。田島の履歴や活動は、創作および随筆集『不在話下』（昭和三十七・七）に詳しい。

（田中励儀）

（初代）喜多村緑郎

きたむら・ろくろう　一八七一－一九六一

撮影年未詳　提供：（公財）松竹大谷図書館

「婦系図」、「日本橋」など、現在でも上演される新派の演目の成立期において、ときに台本に携わり、演出の役割を果たすことで大きく貢献した俳優、喜多村緑郎と鏡花の直接の交流は、明治三十六（一九〇三）年十月、喜多村が雑誌「ナニハ」と番附を鏡花へ送ったことに始まる。[*54] このとき鏡花は、当時大阪で活動していた喜多村に会うことは難しいから、写真を送って欲しいと返信している。[*19] 実際に喜多村が鏡花に対面したのは、東京に拠点を移した明治三十九年、逗子の鏡花宅を訪れたときであったと考えられる。[*39]

喜多村が最初に出演した鏡花作品は、明治二十八年に川上音二郎一座が上演した「瀧の白糸」の改題「判事之逮捕 検事之自殺是亦意外」（角劇場、明治二十九）である。[*1*50] その後「髯題目」や「湯女の魂」を原作者に無断で上演しているが[*94]、「風流線」「婦系図」「白鷺」「稽古扇」「深沙大王《しんじゃだいおう》」「日本橋」「錦染瀧白《もみぢぞめたきのしら》糸《いと》」等では主要な役を演じつつ、助言を求め、台本の執筆を依頼することで鏡花を劇界に引き入れている。特に明治四十一年初演の「婦系図」は、鏡花書き下ろしの幕を加え、再演の中で練り上げ、生涯にわたって関わった演目である。また昭和三（一九二八）年以降、「夜叉ケ池」「海神別荘」「歌行燈」などのラジオ放送にも出演している[*94]。

もともと尾崎紅葉の愛読者であった喜多村は、紅葉との連名で刊行された「瀧の白糸」の原作「義血俠血」（『なにかし』明治二十八）によって鏡花を知ったという[*53]。以来、鏡花作品は残らず買い求めており、鏡花の小説に夢中であるがゆえに、演じる女はどれも鏡花作中の人物になってしまうとも述べている[*7]。一方、鏡花も、喜多村の演技を高く評価しており、自分の注文どおりに演じてくれるのは、喜多村ばかりだと語っている[*10]。

晩年まで交流の続いた鏡花と喜多村は相性が良く、喜多村は日記中に鏡花のことを「好もしい気性な人」と記している[*60]。お化け好きであることも二人の共通点であり、喜多村が鏡花に語った怪談は、小説「浮舟」（大正五[*87][*91]）、戯曲「お忍び」（昭和十一）の素材となった[*100][*105]。

（植田理子）

池田輝方

いけだ・てるかた　一八八三―一九二一

池田蕉園

いけだ・しょうえん　一八八六―一九一七

池田輝方・蕉園夫妻は、ともに水野年方・川合玉堂に師事し、三十代で早逝するも、鏡花にとって信頼のおける年若い友人であった。鏡花との親交が生まれたのは蕉園が先で、明治四十一（一九〇八）年二月の第二回鏡花会に蕉園が初参加、以後会のメンバーに加わった蕉園はその翌年に短編集『柳筥』の口絵・表紙・袋など装幀のすべてを手掛けた。草双紙趣味が顕著に現れた意匠は、鏡花の作品世界と絶妙に調和したものである。『白鷺』（明治四十三・二）では色刷木版の口絵を担当。同書の見返しには新聞連載時に人気を博した名取春仙の挿絵がふんだんに配されているが、その存在感にも引けを取らない珠玉の口絵である。

年方門下の秀才輝方と三歳下の蕉園は心を寄せ合うが、輝方が蕉園のもとを出奔し数年間行方不

烏合会の面々と池田輝方（後列右から二人目）、鏑木清方（右斜め前）、鰭崎英朋（前列左から二人目）　明治三十六年一月三十日撮影　提供：弥生美術館

明になるなど、そのゆくたては平易な道ではなかった。鏡花と蕉園の親密さが新聞のゴシップ種となることもあったが、蕉園は輝方への思慕を抱き続け、明治四十四年に二人は夫婦となる。結婚後は『相合傘』（大正三・七）収録「五大力」口絵、『幻の絵馬』（大正六・一）表紙などの夫婦合作で鏡花本を飾った。だが蕉園は大正六（一九一七）年十二月に三十二歳の若さで病没する。翌年七月、輝方は麹町土手三番町へ転居、鏡花の終の棲家であった下六番町十一番地とはごく近所であり、両者の親交は蕉園逝去後に本格的なものとなった。

大正七年、輝方は第十二回文展出品作「浅草寺」（四曲一双）の左隻に蕉園を参詣客として配し、彼女への追善を画中に籠めた。鏡花も右隻に参詣客の一人として登場する。また、「由縁の女」（大八・一－十・二）や「伯爵の釵」（大九・一）の挿絵も輝方が担当した。だが蕉園を失った輝方の精神は徐々に荒み、自暴自棄な暮らしの果てに、大正十年五月に他界する。「友染火鉢」「芍薬の歌」「銀鼎」「続銀鼎」など、鏡花は大正後半期の作中にしばしば夫妻への追慕や輝方再生への願いを忍ばせているが、若き友が身を持ち崩す様を目の当たりにすることは、鏡花にとって身を切られるような思いだったろう。[*49][*80][*96]

（杲由美）

岡田三郎助

おかだ・さぶろうすけ　一八六九－一九三九

岡田八千代

おかだ・やちよ　一八八三－一九六二

岡田三郎助・八千代夫妻と鏡花との交流は八千代のほうが早い。兄・小山内薫の感化で早くから鏡花文学に親しみ[*8・42]、「芹影」名義で「瀧の白糸」「風流線」等の「鏡花もの」初演時に常に懇切な劇評を寄せた[*3*6*9*11]八千代は、長谷川時雨と並んで「鏡花宗」徒を代表する女性作家であり、鏡花会、九九九会の常連でもあった。

その八千代が洋画家岡田三郎助と結婚したのは明治三十九（一九〇六）年、彼の口絵で「春昼」が世に出た年の暮れである。さらに明治四十一年、三郎助は春陽堂から刊行された『草迷宮』の口絵、挿絵、装幀を担当。洋画家が手掛けた最初の鏡花本となった。パリでR・コランに師事し、西欧のジャポニズムの波にも触れた三郎助の描く『草迷宮』口絵は、W・モリスの様式化された植物

岡田三郎助（右）と岡田八千代（左）大正五年頃撮影　提供：日本近代文学館

の意匠を取り入れ、「草迷宮」に揺曳《ようえい》する「武蔵野」「八橋《やつはし》図」の和様の植物文様とも響きあう独自の幻想美を立ち上げた。和様の意匠と洋画の手法とのコンビネーションは、後の三郎助の代表作「あやめの衣」（昭和二）の構想へと繋がるものであった。[*90]

三郎助は八千代とともに鏡花との交流を深め、春陽堂版『鏡花全集』においても装幀を担当した。夫婦の間に紆余曲折はあったが、鏡花との交友は一貫して穏やかで親愛に満ちたものであった。鏡花が旅先で愛用し、「銀鼎」（大正十・七）にも登場する携帯燃料の固形樟脳は、八千代の贈り物である。また、九九九会で親しく酌み交わす鏡花と三郎助を、鏑木清方は「両仙」と感嘆した。[*46]

鏡花逝去の際、八千代は弔問に訪れたが、この時すでに病に臥していた三郎助は鏡花に遅れること十六日にして世を去った。翌年七月、八千代は「先生の『風流線』」を書いて鏡花を偲んでいる。[*41]

（三品理絵）

堀尾成章

ほりお・しげあき　一八八五－一九四四

堀尾成章（左）と西田幾多郎（右）　明治三十八年七月六日撮影　提供：石川県西田幾多郎記念哲学館

鏡花の花柳小説の代表作にして鏡花本の代名詞でもある『日本橋』（大正三・九）を上梓し、意匠家・小村雪岱を世に送り出した千章館の館主・堀尾成章（後に政弘と改名）の名が鏡花周辺に登場するのは、田島金次郎を発起人として明治四十一（一九〇八）年六月二十日を初回に不定期で開催された鏡花会においてである。田島によれば、初回の参会者であった東京帝国大学独法科の学生・西本道圓から「鏡花熱愛者」の同期生として話題に上ったのを縁に鏡花会への参加の機会を得たという。翌四十二年六月二十四日の第五回、四十四年三月四日の第八回では、学生ながら幹事も務めている。

新潟市に生まれた堀尾は、家族とともに東京や福島に移住後、金沢の第四高等学校独法科に進学。

当時、四高の講師であった哲学者・西田幾多郎の自宅に下宿した時期もある。[*51] 堀尾在学中の明治三十七年五月三日、鏡花は四高生向けの講演のため帰郷しているが、この時点では堀尾との接点は確認されていない。

四高時代からの同窓である西本に二年遅れて明治四十五年七月に帝大を卒業後、大正三（一九一四）年一月には雑誌「独逸語」を発行。同年九月に千章館を創設、船出の書となった『日本橋』において鏡花を介して知り合った日本画家・安並泰助（雪岱）を装幀者として抜擢し、以後、雪岱のよき庇護者となった。千章館は大正六年九月に休止し、後に廃業。堀尾は大正九年九月に南満州鉄道の系列会社に入社、東京と大連を往復しつつも、鏡花らとの交流を続けた。徳田秋聲「和解」（昭和八・六）では、「T──」（泉豊春）の危篤の知らせを受けた「K──先生」（鏡花）の代理人「毛利」として登場している。泉家の信頼は厚く、豊春と前妻との遺児・櫻を堀尾の姪の養子とし、さらに鏡花の死後、すず夫人が堀尾の妻・貞（後に和代と改名）の転地療養先であった熱海市仲田町の常春荘に疎開するなど、その内情に深く関わった。また、雪岱の没後は残された画業の清算や蔵書の売却に田島とともに奔走し、遺族を支えた。

なお、「日本橋」自筆原稿は、堀尾家親族が愛蔵している。[*108]

（穴倉玉日）

小村雪岱

こむら・せったい　一八八七－一九四〇

左から鏡花、梶原可吉、小村雪岱、すず　大正十三年頃撮影　提供：泉鏡花記念館

泉鏡花の指名により書き下ろし単行本『日本橋』（大正三・九）の装幀を手がけ、鏑木清方や鰭崎英朗、橋口五葉らが担っていた鏡花本の装幀者という役割を引き継ぎ、以降、その装幀をほぼ一手に引き受けたのが、当時まだ無名の芸術家であった小村雪岱（本名安並泰助）である。

東京美術学校で日本画を学び、在学中に鏡花の小説を知った雪岱は卒業制作を「春昼」と題するほどにその小説世界に傾倒していた。そんな雪岱が俳人久保より江を介して、実際に鏡花本人と出会うという僥倖を得る。明治四十二（一九〇九）年夏のことだ。爾来、鏡花の麴町土手三番町の家に足を運ぶようになり、鏡花会の出席者としても名前を連ね、また旅もともにするなどその交際は深まっていった。画号「雪岱」も鏡花より授かったもので、装幀者名は初めは本名と合わせて安並雪岱としたが、「語呂が悪い」[*43]というおそらく鏡花の助言もあってすぐに旧姓に替え、小村雪岱と名乗るようになった。

装幀だけでなく挿絵や舞台装置といった三つの異なる仕事で雪岱は活躍したが、これらの仕事は鏡花の人脈を介して拡がったものだった。装幀では、鏡花を中心とした会合である九九九会の仲間たち、水上瀧太郎、里見弴、久保田万太郎らの著書を多く手がけ、挿絵では弴の新聞連載小説「多情仏心」(「時事新報」他、大正十一・十二―十二・十二)で本格的に関わるようになり、後に独自の挿絵画風〈雪岱調〉で大いに活躍、鏡花の新聞連載小説「山海評判記」(「時事新報」夕刊、昭和四・七―十一)の挿絵も手がけた。舞台装置の仕事は、鏡花会の発起人で、劇界に身を置いていた田島金次郎(田島断、神田謹三)の誘いから始まっており、鏡花原作の舞台は「通夜物語」(市村座、昭和四・三)をはじめ、五つの新派公演で装置を手がけている。

鏡花が逝去した際には、その墓の意匠と四十九日の配り本『両頭蛇』(昭和十四・十)の装幀を手がけ、「私は鏡花門人ですよ、絵筆で鏡花直伝の文章を書くんですよ」[*44]と伝わる雪岱の言葉通りに、その美意識をもって最後まで鏡花[*84][*95][*102][*103][*104][*107][*108]に寄り添った。

(真田幸治)

水上瀧太郎

みなかみ・たきたろう　一八八七―一九四〇

撮影年未詳　提供：日本近代文学館

福澤諭吉門下の明治生命創業者阿部泰蔵の四男章蔵が、鏡花作「風流線」の水上規矩夫、「黒百合」の千破矢瀧太郎より姓と名を取って「水上瀧太郎」と名乗ったのは、明治四十四（一九一一）年発表の戯曲「嵐」（「昴」十月号）だった。筆名の直ちに鏡花の愛読者たることを宣明するこの新進作家の登壇が、同号に「雁」を載せた森鷗外の目を惹かざるはなく、「灰燼」の十七章（「三田文学」大正元・十）に、鏡花の本を取り出して読む三田の学生池田菱太郎と山口節蔵との会話の場を誂えた。

水上の初期作品には「誓之巻」の主人公と同名「新次」の物語「山の手の子」（明治四十四・七）、「新次の身の上」（同・十一）や、主人公俊三に「婦系図」と「風流線」にちなむ「早瀬不二太」の筆名を与えている「心づくし」（大正二・四）など、人物の命名に籠めた傾倒が著しい。

　四か年に及ぶ米英留学から帰朝した直後の大正五（一九一六）年十一月二十七日に久保田万太郎同道で鏡花との初対面を果たしたが、『鴛鴦帳』書き下ろしに苦しむ作者を蔭で支えた彼の労に報い、鏡花は続く「芍薬の歌」で青年実業家にして小説家の峰桐太郎の活躍を描いた。初対面の翌々年には水上をモデルとする小説を書くに至ったのである。これに応ずるごとく水上は「購書美談」（大正七・八）で、鏡花作品の永遠性の保証を「至純の感情」に求める一方、「悪い趣味」に走る弊も指摘、後年の「鏡花世界瞥見」（昭和四・三）の評価軸をいち早く示すとともに、大正末の全集の刊行に際しては、鏡花が交わした新潮社との先約を解除し、春陽堂からの発兌《はっだ》を実現、文業の総決算に尽力した。

　久保田万太郎（「切子燈籠」『水の匂』武蔵書房、昭和十七・十二）によれば、鏡花は酒が入って「適当に御機嫌になると」、周囲へ「阿部が帰つて来てからへんに景気がよくなつてね」と語ることしばしばであったという。鏡花なくして作家水上瀧太郎は誕生し得なかったが、また実業家阿部章蔵がいなければ鏡花の後半生はとうてい立ち行かなかっただろう。

　水上瀧太郎こと阿部章蔵が明治生命の講堂で常務取締役の挨拶中に斃れたのは、泉鏡花の逝去から、わずか半年の後であった。[*25][*73]

（吉田昌志）

久保田万太郎

くぼた・まんたろう　一八八九―一九六三

大正十三年三月撮影　提供：泉鏡花記念館

鏡花を中心とした懇親会・九九九会の正会員であり、春陽堂版『鏡花全集』（大正十四・七―昭和二・七）と岩波書店版『鏡花全集』（昭和十五・三―十七・十一）の編纂に携わった久保田万太郎は、同じく九九九会の正会員にして、二度の全集編纂に関わった水上瀧太郎とともに、鏡花作品を深く愛した作家の一人である。万太郎が初めて鏡花に会ったのは大正二（一九一三）年六月、雑誌『ホトトギス』の二〇〇号を記念して行われた、文士たちの観能の会だった。かねてから鏡花に会いたいと考えていた万太郎は、同会で偶然鏡花を見かけ、同席していた生田長江《ちょうこう》に紹介を願い出て、交流を始めた。後の大正五年十一月には瀧太郎を鏡花宅へ誘い、二人の交流の端緒を開いてもいる。

万太郎と鏡花の縁は、特に演劇において深い。花柳《はなやぎ》章太郎によれば、万太郎は鏡花に会う前の明治四十三（一九一〇）年、小説「白鷺」が演劇化された際に観劇し、その時のことを「細細と覚えて」いたという[*48]。万太郎は生涯を通じて、他の作家による小説の脚色・演出も数多く行ったが、原作のある作品に初めて関与したのが大正十年の「婦系図《おんなけいず》」上演時の演出だった。ただしこの上演では「従来の段取を出来るだけ残して置いて貰ひたい[*22]」と提案され、万太郎は脚色の改訂はしたが一から新たな脚色を行ったわけではない。

　その後「日本橋」（昭和十三・三）をはじめ、鏡花作品を原作とする演劇を幾度か演出したが、本格的な鏡花作品の脚色は「歌行燈」が最初である。当初は東宝による映画化に向けて依頼された脚色だった。万太郎は鏡花にも原稿を見せ、「その脚色は、二三のこまかい直しだけで先生を及第した[*45]。」という。その後、映画の前に舞台（新生新派）での上演が決まり、加筆の後、昭和十五（一九四〇）年に初演された。脚色版では新たに次郎蔵という、喜多八と木賃宿で親しくなる人物が加わり、彼が死にゆく喜多八に源三郎からの許しを伝えるという結末が描かれた。原作とは異なるが、上演された際のカタルシスを意識し、演劇に相応《ふさわ》しい形に作り替えたものといえよう。なお鏡花の没後にも昭和二十五年に「辰巳巷談」、昭和三十年に「註文帳」を脚色している。

（鈴木彩）

里見弴

さとみ・とん　一八八八－一九八三

撮影年未詳　提供：日本近代文学館

里見弴は長兄・有島武郎、次兄・生馬とともに雑誌「白樺」（明治四十三・四－）の創刊に参加。学習院中等科の頃から鏡花を愛読し、[*14] 小説家を志した時には、まずそれをまねた筆癖を除かねばならなかった。[*15] 鏡花の麴町下六番町の家は有島邸の道を一つ隔てたすぐ隣。深夜一時、二時には「二階の縁近く据ゑた机に、緑色の笠《シエード》をかけた台電燈《スタンド》が載せてあるらしく、障子のその部分だけ仄《ほの》かに明るんでゐるのが常だつた」[*52] という。大正二（一九一三）年四月、鏡花が白樺主催第六回美術展覧会（大正二・四・十一－二十、於・虎の門議員倶楽部）を訪れた際に初対面の挨拶を果たし、[*52] 以降、「とき〳〵遊びに来る」ような、「散歩がてら」訪ねてゆくような間柄になる。[*16] 「一に正直、二に律儀、三に誠実」[*23] とされる弴の人柄を鏡花は慈しみ、鏡花臨終の床で弴がその背中を撫《な》でるまでの交際が続く。[52] 鏡花は改造社版『現代日本文学全集』の里見弴集を推して「弴さん小話」（昭和二・七）を寄せ、弴は毎月の九九九会に出席し、春陽堂版、岩波書店版『鏡花全集』の編集委員を務めている。

鏡花は弴の小さな作品にも目を通しており、[16] 最初の短編集『善心悪心』（大正五・十一）は鏡花の挽推によって春陽堂より上梓された。[28] その作風は「或特殊の状態に置かれた人間を、さまざまに観察し解剖し尽したあげく、あくどい程鮮かに描出さうとする」[20] とされるが、鏡花も弴の「河岸のかへり」（明治四十四・五）を取り上げて、「煙管《きせる》を持たしても短刀《どす》ぐらゐに人が斬れます。鍛《きた》へてあつてね」[18] と手腕を評価。弴は「絶讃された時の、涙ぐむほどの嬉しさ、有難さは忘れられないし、また大いに勇気づけられもした」[72] と回顧する。鏡花は、描写の不足や構成の欠点など、作品を読んでの感想を折々に弴に伝えてきた。弴は、「三十年間にうけた教への数は、決して生優しいものではな」く、心の中だけでは「泉先生の「弟子」を僭称《せんしょう》してゐた」[40] と打ち明けている。

鏡花の「売色鴨南蛮」（大正九・五）は弴らが興《おこ》した雑誌「人間」に掲載されたが、原稿は彼に譲られて春陽堂版全集の口絵を飾り、[29] 後年「永久に保存されること」を願って石川近代文学館に寄贈されている。[69]

（市川祥子）

芥川龍之介

あくたがわ・りゅうのすけ　一八九二－一九二七

田端の自宅書斎「我鬼窟」にて　大正九年頃撮影　提供：日本近代文学館

早くから「化銀杏」（明治二十九・二）や『風流線』（明治三十七・一二）を読んでいた早熟な芥川（「文学好きの家庭から」「愛読書の印象」）は、東京府立第三中学校時代（明治三十八－四十三、満十三－十八歳）にはその作品すべてを読むほど鏡花にのめり込んだ（「私の文壇に出るまで」）。こうした偏愛は、後に師事する夏目漱石や敬愛する森鷗外を凌駕する。中学三年生の時には、新刊の『草迷宮』（明治四十一・一）を徹夜で読みふけったため勉強ができず、大切な試験を受けなかったという（平常点がよかったので進級できた）[*27]。

作家となった芥川は「骨董羹《こっとうかん》」の「柔術」（大正九・四）で鏡花の『芍薬の歌』（大正八・三）に言及し、「妙な話」（大正十・一）では「やどり木」（明治三十五・八）「紅雪録」（明治三十七・三）「続紅雪録」（明治三十七・四）を踏まえて作中人物に語らせている。[*82]

鏡花との交友が始まるのもその頃で、鏡花の「自筆年譜」に拠れば大正九（一九二〇）年六月頃からだが、すでに大正七年の後藤新平による文士招待会で会っていた可能性が高い。[*84] 手紙のやりとりはもちろん、大正十三年には鏡花から『七宝の柱』（三月）『愛府』（十一月）が贈られ、芥川も『黄雀風』（七月）で返礼するなど、濃やかさを増していった。特に春陽堂版『鏡花全集』（大正十四・七－昭和二・七）刊行に際し、芥川は「鏡花全集に就いて」（大正十四・五）で、超自然的存在にまで及ぶ「詩的正義に立った倫理観」が作中の善悪を決定するとし、「天守物語」（大正六・九）を代表作とした。この論断は現在も色褪せていない。また、編者として執筆した「鏡花全集目録開口」（大正十四・五）は、「鏡花泉先生は古今に独歩する文宗なり」と始まる格調高い名文で、鏡花は「とる手も震へ候ばかり感銘浅からず」（書簡下書）と礼状に認め、後にこの原稿の一部を自著『斧琴菊《よきこときく》』（昭和九・三）見返しに用いている。「半島一奇抄」（大正十五・十）や「深川浅景」（昭和二・七－八）でも引き合いに出すほど芥川を愛した鏡花は、昭和二（一九二七）年七月に芥川が自殺した時には、「鏡花全集目録開口」へのお返しともいうべき心のこもった弔辞を読み、わが文学のこよなき理解者を惜しんだ。

（須田千里）

谷崎潤一郎

たにざき・じゅんいちろう　一八八六―一九六五

岡本（兵庫県）の自宅にて　昭和三年秋頃撮影　提供：日本近代文学館

出会いは明治四十五（一九一二）年の文芸家新年宴会。新進作家の谷崎が徳田秋聲に挨拶したところ、鏡花に引き合わせられて喜んだものの、酩酊した鏡花とは話ができずじまいだった。[*36]鏡花と同じく美や幻想を愛した谷崎[*68]は映画にも惹かれ、「高野聖」（明治三十三・二）や「風流線」（明治三十六・十・二十四―明治三十七・十・五）は「夢幻」を可視化する映画の題材に適すると説き（「活動写真の現在と将来」大正六・九）、大正九（一九二〇）年には大正活映の顧問として「葛飾砂子」（明治三十三・一一）映画化に携わった。東京深川でのロケには鏡花も招かれ、谷崎と猪牙舟に乗り酒を呑みながらラストシーンの撮影を見ていたという。[*63]映画の字幕には小説の文が活用されるなど原作を尊重した様子がうかがえ、[*109]鏡花も出来栄えを認めた[*31][*37]が、フィルムは関東大震災で焼失した。

震災後に谷崎は神戸岡本へ転居。プラトン社後援で関西を旅した鏡花の訪問を受け、再会を楽しんだ[*24][*92]。鏡花が随筆で谷崎の健啖ぶりを伝える[*24][*30]一方、谷崎はしばしば鏡花の愛すべき人柄――初対面の泥酔[*36]や犬を恐れる姿[*34]、鳥鍋の肉を谷崎に取られ困惑する様子[*59]――をユーモラスに描くが、根本には深い敬意がある[*89]。「明治以降の文壇」における偉大な人物として鏡花を挙げ（「或る時の日記」大正九・一）、大正十四（一九二五）年に春陽堂版『鏡花全集』の編輯委員を務め、芥川龍之介との論争文「饒舌録」（昭和二・二－十二）では鏡花の「構成的才能」に言及した。鏡花も「新小説」増刊「天才泉鏡花」（大正十四・五）発行に当たり、芥川を介して谷崎に寄稿を依頼する[*26]など信頼を寄せた。

交流は昭和十四（一九三九）年に鏡花が亡くなるまで続いた[*112]。一月、鏡花は現代語訳『源氏物語』刊行を控える谷崎に祝電を打ち[*71]、四月には谷崎の長女鮎子と佐藤春夫の甥竹田龍児の結婚式で媒酌人を務めたが、九月に逝去。谷崎は先達を偲び「先生こそは、われ〳〵の国土が生んだ、最もすぐれた、最も郷土的な、わが日本からでなければ出る筈のない特色を持った作家として、世界に向って誇ってもよい」と賛辞を送った（「純粋に「日本的」な「鏡花世界」」昭和十五・三）。

（佐藤未央子）

佐藤春夫

さとう・はるお　一八九二―一九六四

撮影年未詳　提供：新宮市立佐藤春夫記念館

和歌山県新宮町生まれの佐藤春夫が最初に読んだ鏡花作品は『草迷宮』（明治四十一・一）だった。明治四十三（一九一〇）年慶應義塾大学予科文学部に入学した春夫は、水上瀧太郎や久保田万太郎から鏡花の噂を聞いても、そして大正九（一九二〇）年以降、谷崎潤一郎や芥川龍之介が鏡花の家に出入りすると聞いても、心酔するだけで自ら会う機会を求めなかった。しかし、すでに鏡花は谷崎から春夫の名と作品を教えられていたという（「鏡花先生を追慕す」）。

交流が深まるのは昭和に入ってからで、三越百貨店が企画した会に二人も加わっている。[*35] 以後、春夫の編集する雑誌「古東《こと》多万《だま》」創刊号（昭和六・九）に「貝の穴に河童が居る」（ノチ「貝の穴に河童の居る事」と改題）を寄稿したり、「註文帳」（明治三十四・四）の原稿を譲ってもらう約束をしたり（春夫が取りに行かなかったため立ち消え）、昭和九（一九三四）年九月、文芸家追慕展覧会に鏡花が師・尾崎紅葉の添削入り原稿「両頭蛇」等を出展する際、春夫を信用して貸し出したり（「鏡花先生を追慕す」）と、鏡花は春夫を可愛がった。昭和十四年、春夫の甥・竹田龍児《りょうじ》と谷崎の長女鮎子《あゆこ》との結婚式では媒酌人を務めたほどである。

　春夫が、その性情・作品から近代文学史上の天才とするのは鏡花と与謝野晶子の二人のみ。[*61] 鏡花については、善美を愛する余り社会悪を憎んで「小意気な社会主義者のやうな風貌」を持ち、その文体は「友禅の模様のやうな大まかさと細かさ」を兼ね備え、「様式本位の、いはば図案風な芸術」だと評した（「「薄紅梅」の作者を言ふ」）。これは、現在も傾聴に値する。岩波書店版『鏡花全集』「刊行の辞」（内容見本、昭和十五・三）を書いたのも春夫だった。

　そのほか、『紅楼夢』は「所詮淫猥《いんわい》な書」だから翻訳の手伝いなどしてはならぬと真面目に戒められたとか（「鏡花先生追慕片々」）、実は鏡花はお化けが嫌いで、怖いからそのスリルで好んで書いたらしいとか（「白雲去来」の「初夏のよろこび」）、長く交わった春夫ならではの鏡花の意外な一面を伝えている。

（須田千里）

参考文献・典拠一覧

＊1　明治二十九年十一月角劇場番附（松竹大谷図書館所蔵）

＊2　春陽堂主人（和田うめ（むめ））「本誌本号より大刷新大改善」（「新小説」明治三十三・二）

＊3　芹影（岡田八千代）「宮戸座の「瀧の白糸」」（「歌舞伎」　明治三十七・十）

＊4　泉鏡花「処女作談――泉鏡花の『夜行巡査』――」（「天鼓」第四号　明治三十八・五）

＊5　畔柳芥舟「『深川染』序文」（『文談花談』春陽堂 明治四十・七）

＊6　芹影（岡田八千代）「本郷座の「風流線」」（「歌舞伎」　明治四十・八）

＊7　喜多村緑郎「鏡花君の小説」（「趣味」明治四十・九）

＊8　岡田八千代「自分の好む小説」（「趣味」明治四十・十二）

＊9　芹影（岡田八千代）「新富座の「婦系図」」（「歌舞伎」　明治四十一・十一）

＊10　「今の女も時代的」（「中央新聞」明治四十二・十一・二十）

＊11　芹影女（岡田八千代）「本郷座の初日」（「歌舞伎」　明治四十三・五　※「白鷺」評）

＊12　「代表的名作選集目次」（『代表的名作選集　第九編　平凡』新潮社　大正四・八　十五版）

＊13　内田魯庵『きのふけふ　明治文化史の半面観』（博文館　大正五・三）

＊14　「文壇諸家年譜（十三）里見弴」（「新潮」　大正六・二）

＊15　里見弴「「幻の絵馬」に就て」（「中央文学」　大正六・五）

＊16　久保田万太郎「小がらな色の白い人」（「新潮」　大正六・七）

＊17　無記名「紅葉氏に似た趣味」（「読売新聞」大正七・一・十）

＊18　泉鏡花「煙管を持たしても短刀位に」（「文章倶楽部」　大正七・三）

＊19　『文壇名家書簡集』（新潮社　大正七・七）

＊20　水上瀧太郎「泉鏡花先生と里見弴さん」（「人間」　大正九・二）

＊21　田山花袋「印旛沼にて」（『水郷めぐり』博文館　大正九・十一）
＊22　久保田万太郎「『婦系図』の稽古」『演芸画報』（大正十・四）
＊23　三宅周太郎「「自己嫌悪」の造語者」（「新潮」大正十三・五）
＊24　泉鏡花「玉造日記」（「大阪朝日新聞」大正十三・七・二十－九・六）
＊25　久保田万太郎「水上瀧太郎君と泉鏡花先生」（「中央公論」大正十四・二）
＊26　芥川龍之介　大正十四年三月十七日付谷崎潤一郎宛書簡（一三八九番）（『芥川龍之介全集』第二十巻　岩波書店　平成九・八）
＊27　「新潮合評会―文壇思ひ出話―」第二三回（「新潮」大正十四・四）
＊28　「里見弴年譜」（『現代小説全集』第七巻　新潮社　大正十四・十）
＊29　『鏡花全集』第十一巻（春陽堂　大正十五・五）
＊30　泉鏡花「深川浅景」（「東京日日新聞」昭和二・七・十七－八・七）
＊31　「一問一答録　泉鏡花と梅村蓉子」（「映画時代」昭和三・一）
＊32　泉鏡花「小解」（『明治大正文学全集　泉鏡花篇』春陽堂　昭和三・九）
＊33　泉鏡花「年譜」（『現代日本文学全集　第十四篇　泉鏡花集』改造社　昭和三・九）
＊34　谷崎潤一郎「ねこ」（「週刊朝日」昭和四・二・二十四）
＊35　「婚礼座談会」（「三越」昭和六・九）
＊36　谷崎潤一郎「青春物語」（「中央公論」昭和七・九－昭和八・三）
＊37　谷崎潤一郎「映画への感想――「春琴抄」映画化に際して――」（「サンデー毎日」昭和十・四・一）
＊38　後藤宙外『明治文壇回顧録』（岡倉書房　昭和十一・五）
＊39　「新派〝鏡花〟を失ふ　悲しみ嘆く喜多村緑郎」（「都新聞」昭和十四・九・九）
＊40　里見弴「泉先生」（「図書」昭和十五・三）
＊41　岡田八千代「先生の「風流線」」（「鏡花全集月報」第四号　岩波書店　昭和十五・七）
＊42　岡田八千代『若き日の小山内薫』（古今書院　昭和十五・七）
＊43　堀尾政弘（堀尾成章）「小村君」（「大衆文藝」第二巻第十二号　新小説社　昭和十五・十二）
＊44　一門下生（寺木定芳）「思ひ出話　番町の先生」（「鏡花全集月報」第七号　岩波書店　昭和十五・十二）

＊45　久保田万太郎「後記」『歌行燈　その他』（小山書店　昭和十六・一）
＊46　大隈為三、辻永　共編『画人　岡田三郎助』（春鳥会　昭和十七・十一）
＊47　小島政二郎「訂正第二（一葉の書翰また発見せらる）」（『一葉全集』月報「一葉ふね」第五号　新世社　昭和十七・二）
＊48　花柳章太郎「「白鷺」の思ひ出」『技道遍路』（二見書房　昭和十八・二）
＊49　荒井寛方「輝方君と蕉園女史」（『阿弥陀院雑記』鵤故郷舎出版部　昭和十八年九・三十）
＊50　喜多村緑郎「白糸考（二）」「演劇界」（昭和二十一・二）
＊51　福田顕造『堀尾成章君追悼録』（南満鉱業支社章道会　昭和二十一・三）
＊52　里見弴「二人の作家」（「文藝」昭和二十五・四）
＊53　大江良太郎「成美団物語 その3」（「演劇界」昭和二十九・三）
＊54　大江良太郎「喜多村聞書　天満座の独立」（「演劇界」昭和三十・一）
＊55　上林暁「青春自画像」「遺児」（『入社試験』河出新書　昭和三十・一）
＊56　無記名「藻塩草（舎弟・洒亭・斜亭（ママ））」（「日本古書通信」昭和三十・二）
＊57　関良一「一葉年譜」（『一葉全集』第七巻　筑摩書房　昭和三十一・六）
＊58　伊狩章「斜汀泉豊春論」（「明治大正文学研究」昭和三十二・三）
＊59　谷崎潤一郎「文壇昔ばなし」（「週刊公論（コウロン）」昭和三十四・十一・三―十七）
＊60　喜多村九寿子編『喜多村緑郎日記』（演劇出版社　昭治三十七・五）
＊61　佐藤春夫『詩文半世紀』（読売新聞社　昭和三十八・八）
＊62　成瀬正勝「解題」『明治文学全集二十一　泉鏡花集』（筑摩書房　昭和四十一・九）
＊63　内田吐夢『映画監督五十年』（三一書房　昭和四十三・十）
＊64　泉名月「あとがき」（『鬼ゆり』学藝書林　昭和四十四・九）
＊65　村松定孝『泉鏡花』（寧楽書房　昭和四十一・四）
＊66　岡保生「II　紅葉に入門」（『評伝小栗風葉』桜楓社　昭和四十六・六）
＊67　里見弴・寺木定芳・戸板康二「鏡花先生を偲んで」（「宝心」昭和四十七・六）
※のち「鏡花研究」創刊号（石川近代文学館　昭和四十九・八）に再録

＊68　「国文学　解釈と鑑賞　唯美の系譜　泉鏡花と谷崎潤一郎」（至文堂　昭和四十八・六）

＊69　新保千代子「「売色鴨南蛮」原稿の「題簽」ならびに「識」について」（「鏡花研究」創刊号　石川近代文学館　昭和四十九・八）

＊70　小林輝冶「鏡花における「民譚」の位相」（「金沢大学語文・文学研究」昭和五十二・三）

＊71　谷崎潤一郎『谷崎潤一郎家集』（湯川書房　昭和五十二・五）

＊72　里見弴「あとがき」（『里見弴全集』第一巻　筑摩書房　昭和五十二・十）

＊73　島源四郎「出版小僧思い出話2」（「日本古書通信」昭和五十九・八）

＊74　手塚昌行『泉鏡花とその周辺』（武蔵野書房　平成元・七）

＊75　須田千里「鏡花文学における前近代的素材（下）」（「国語国文」平成二・五）

＊76　須田千里「一葉から鏡花へ――『わかれ道』と『三枚続』『式部小路』――」（「光華女子大学研究紀要」二十八　平成二・十二）

＊77　新井櫻「泉櫻はどこへ行ったか」「帝塚山学院大学日本文学研究」平成四・二）

＊78　笠原伸夫「「一之巻」の風景」（『評伝　泉鏡花』白地社　平成七・一）

＊79　村松定孝「泉鏡花」（『樋口一葉事典』おうふう　平成八・十一）

＊80　吉田昌志「泉鏡花と挿絵画家――池田蕉園・輝方――」（『論集泉鏡花第三集』和泉書院　平成十一・七）

＊81　松本品子『挿絵画家英朋――鰭崎英朋伝』（スカイドア　平成十三・一）

＊82　須田千里「泉鏡花」（『芥川龍之介新辞典』翰林書房　平成十五・十二）

＊83　田中励儀「「黒髪」「龍膽と撫子」の成立過程――編修資料の調査を通して――」（「文学」平成十六・七）

＊84　吉田昌志「年譜」（『新編泉鏡花集　別巻二』岩波書店　平成十八・一）

＊85　安部亜由美「泉鏡花文学における柳田民俗学の受容」（「京都大学國文學論叢」平成十八・九）

＊86　鈴木祥井『寺木だぁ！』（財団法人口腔保健協会平成二十一・五）

＊87　東雅夫編『鏡花百物語集』（筑摩書房　平成二十一・七）

＊88　松本品子編『妖艶粋美　甦る天才絵師・鰭崎英朋の世界』（国書刊行会、平成二十一・十二）

＊89　須田千里「鏡花を愛した人たち　谷崎潤一郎」（『別冊太陽　一六七　泉鏡花　美と幻影の魔術師』平凡社　平成二十二・三）

＊90　松本誠一『佐賀偉人伝03　岡田三郎助』（佐賀県立佐賀城本丸歴史館　平成二十三・三）

＊91　吉田昌志「泉鏡花「年譜」補訂（十一）」（「学苑」平成二十四・八）

＊92　田中励儀編『鏡花紀行文集』（岩波文庫　平成二十五・十二）

＊93　上田正行「鏡花、漱石、そしてハーン」（「國學院大學大學院紀要」45輯　平成二十六・三）

＊94　吉田昌志『泉鏡花素描』（和泉書院　平成二十六・七）

＊95　真田幸治「「雪岱調」の萌芽と挫折――小山内薫「鏡台前」の挿絵」（「Editorship」4　日本編集者学会編　平成二十八・三）

＊96　田中励儀「泉鏡花「銀鼎」成立考――東北旅行と池田蕉園をめぐって――」（『日本近代文学』第94集 平成二十八年五月十五日）

＊97　吉田昌志「泉鏡花と演劇―新派・新劇との関係から「夜叉ヶ池」に及ぶ―」（『泉鏡花素描』　和泉書院　平成二十八・七）

＊98　吉田昌志「鏡花のなかの一葉―「薄紅梅」を中心として―」（『泉鏡花素描』　和泉書院　平成二十八・七）

＊99　紅野謙介・大木志門編『21世紀日本文学ガイドブック6 徳田秋聲』（ひつじ書房　平成二十九・二）

＊100　吉田昌志「泉鏡花「年譜」補訂（十七）」（「学苑」平成二十九・三）

＊101　吉田昌志「泉鏡花「年譜」補訂（十八）」（「学苑」平成三十・一）

＊102　真田幸治編『小村雪岱随筆集』（幻戯書房　平成三十・一）

＊103　真田幸治「久保より江――小村雪岱と泉鏡花の出会いの媒介者として」（「Editorship」5　日本編集者学会編　平成三十・三）

＊104　真田幸治「泉鏡花『日本橋』の装幀者〈安並雪岱〉――「独逸語」・新聞の千章館広告から」（「日本古書通信」平成三十・七）

＊105　東雅夫編『文豪たちの怪談ライブ』筑摩書房　平成三十一・八）

＊106　善渡爾宗衛・杉山淳「『鬼平』に連なる伝承―泉斜汀の後期作品」（『泉斜汀幕末探偵奇譚集・百本杭の首無死体』幻戯書房 令和元・八）

＊107　穴倉玉日「〝鏡花会〟とその周辺」（『泉鏡花〈怪談会〉全集』東雅夫編　春陽堂書店　令和二・五）

＊108　穴倉玉日「鏡花、雪岱、千章館――堀尾家旧蔵資料が語るもの」（『論集　泉鏡花』第六集　和泉書院　令和三・八）

＊109　佐藤未央子「映画「葛飾砂子」を辿る――失われた映画を求めて――」（『論集　泉鏡花』第六集　和泉書院　令和三・八）

＊110　大木志門『徳田秋聲と「文学」』（鼎書房　令和三・十二）

＊111　鈴木啓子「本郷台の青春挽歌―『湯島詣』と赤門派についての覚書」（泉鏡花研究会編『論集　泉鏡花』第七集　和泉書院　令和四・十二）

＊112　小谷野敦「谷崎潤一郎　詳細年譜」（小谷野敦 公式ウェブサイト　http://akoyano.la.coocan.jp/tanizaki.html）

略年譜

●年齢はその年に迎える満年齢とし、享年は数え年で記載しました。
●新聞、雑誌名および掲載の作品名は「」、単行本は『』で表記し、( )内の場合は省いてあります。

一八七三（明治六）年

十一月四日、石川県金沢町下新町《しもしんちょう》二十三番地（現・金沢市下新町二番三号）に、父清次、母鈴の長男として出生。本名鏡太郎。父は工名政光といい、加賀象嵌の彫金師。母は江戸下谷生れ、葛野《かどの》流《りゅう》大鼓《おおつづみ》師《し》中田万三郎の娘。宝生流シテ方能楽師松本金太郎の妹。慶応四年金沢へ移住、明治四年頃清次に嫁す。和泉屋庄助と称した祖父は仕立職人、祖母きては、針屋の老舗目細《めぼそ》五兵衛の次女。

一八七七（明治十）年　四歳

この頃、母愛蔵の草双紙の絵解きを楽しみ、近所の女たちから口碑伝説を聴いた。

八月三日、妹他賀出生。

一八八〇（明治十三）年　七歳

一月三十一日、弟豊春出生。

四月　東馬場・養成小学校入学。一級上に徳田末雄（秋聲）がいた。小学校時代、内外の戦記物、軍談を愛読。

一八八二（明治十五）年　九歳

十二月三日、妹やゑ出生。同二十四日、母鈴出産後の産褥熱により死去。享年二十八。若き母の死は鏡花の文学に決定的な影響を与えた。妹やゑは金沢郊外の宮崎助次郎にもらわれ、その長女として届けられた。

一八八三（明治十六）**年　十歳**

十二月二十七日、父清次は金屋町宮野佐兵衛次女サク（当時三十七歳）を後妻に迎えた。

一八八四（明治十七）**年　十一歳**

四月　金沢区高等小学校に入学。同年中に一致教会派の愛真学校（のち北陸英和学校と改称）に転じ、米人校長ポートルの妹に鍾愛される。在学中、森田思軒訳「聾使者」を愛読。また、近所の湯浅時計店の娘しげ、又従妹の目細てると親しむ。ポートル、しげ、てるは、亡母とともに鏡花作品の女性像の原型となる。

六月　父とともに石川郡松任《まっとう》（現白山市）の行善寺に詣で、亡母を慕う念を深くする。

十二月　義母サク家を去る。鏡花のついになじまなかったためという。

一八八六（明治十九）**年　十三歳**

三月二十九日、妹他賀離籍、卯辰高町の小竹与助の養女となる。

一八八七（明治二十）**年　十四歳**

五月　北陸英和学校退学、第四高等中学校の受験を志すが、失敗。

一八八八（明治二十一）**年　十五歳**

四月　湯浅しげが藤谷外茂吉に嫁した。

一八八九（明治二十二）**年　十六歳**

四月　尾崎紅葉の『二人比丘尼色懺悔《ににんびくにいろざんげ》』を読み、感激。多くの小説を耽読。

六月　富山に赴いたが、しばらくして金沢に戻る。

一八九〇（明治二十三）**年　十七歳**

十月　二十八日、小説家たらんと志し金沢を発し、上京するが、紅葉の門を敲きかね、知りあいの医学生を訪ねて同宿。翌年十月まで、麻布、浅草、神田、本郷、鎌倉、湯島などを転々、放浪生活を送る。

一八九一（明治二十四）**年　十八歳**

十月　十九日、伝手を得て、牛込区横寺町に初めて尾崎紅葉を訪ね、ただちに入門を許され、玄関番として住み込む。

一八九二（明治二十五）**年　十九歳**

二月　小栗風葉が入門。

七月　森鷗外著『美奈和集』を購い、秘蔵す。

十月一日、京都「日出新聞」に「漣山人閲　泉鏡花著」として「冠弥左衛《かんむりやざえ》門《もん》」を発表（十一月二十日まで連載）。

十一月十日、金沢の大火「味噌蔵町焼け」のため生家焼失。帰郷し、年末上京。

一八九三（明治二十六）**年　二十歳**

五月　『活《いき》人形』刊行（春陽堂）。

六月　東京牛込で徴兵検査を受け、丙

種合格（のち第二国民兵役となる）。
八月　脚気を患い帰郷。
十月　京都で同地遊覧中の紅葉に会い、汽車賃の補助を受けて三たび上京。

一八九四（明治二十七）年　二十一歳

一月九日、父清次病没、享年五十二。帰郷す。一家困窮、しばしば自殺を考える。このかん習作を、紅葉に送る。師からは作品評とともに激励の返信があった。
九月　祖母と弟を残し、上京。鏡花帰郷中に、柳川春葉入門。
十一月　「義血侠血《ぎけつきょうけつ》」を紅葉添削の上「なにがし」名義で「読売新聞」に連載。

一八九五（明治二十八）年　二十二歳

二月　博文館「日用百科全書」編輯に従い、紅葉宅より小石川区戸崎町大橋乙羽（博文館支配人）宅へ移転。
四月　「夜行巡査」を「文藝倶楽部」に発表、六月の「外科室」は同誌の巻頭を飾る。田岡嶺雲に絶讃され、観念小説と称されるに至り、一躍新進作家となる。
六月　徳田秋聲入門。
七月　「乙羽生鏡花子合作」として「貧民倶楽部」を「北海道毎日新聞」に連載（九月まで）。
十月三十日、亡清次より戸主を相続。

一八九六（明治二十九）年　二十三歳

一月　「北国空」を発表（智徳会雑誌）。
二月　「化銀杏《ばけいちょう》」を発表（文芸倶楽部）。
五月　小石川区大塚町五十七番地に居を構え、祖母、弟を迎える。
七月　「蓑谷《みのだに》」を発表（少年世界）。
十一月　「龍潭譚」を発表（文芸倶楽部）。またこの月から十二月まで「照《てり》葉《は》狂言」を連載（読売新聞）。

一八九七（明治三十）年　二十四歳

四月　「化鳥」を「新著月刊」創刊号に発表。同誌の賛成員となり、「清心庵」「な丶もと桜」を掲載。
十二月　「髯題目」を発表（文芸倶楽部）。本年中に博文館編輯局を辞す。

一八九八（明治三十一）年　二十五歳

二月　「辰巳巷談《たつみこうだん》」を「新小説」巻頭に載せる。「蛇くひ」を発表（新著月刊）。
六月　斜汀が輪島で芸妓をしていた妹他賀を引き取りに行き、大塚町に同居した。

一八九九（明治三十二）年　二十六歳

一月　新年宴会で神楽坂の芸妓桃太郎（本名伊藤すず、のちの鏡花夫人）を知る。この月本籍を金沢より小石川へ移す。また「三尺角《さんじゃくかく》」を発表（新小説）。
二月　春陽堂より書き下しで『錦帯記』刊行。
四月　「通夜物語」を「大阪毎日新聞」に連載（同年五月まで）。
六月　「黒百合」を「読売新聞」に連

載（同年八月まで）。

秋、大塚より牛込区南榎町二十二番地に転居。

十一月　春陽堂より書き下しで『湯島詣』を刊行。

一九〇〇（明治三十三）年　二十七歳

二月　小栗風葉らと春陽堂正社員になり「新小説」編輯局に入る。同誌巻頭に「高《こう》野《や》聖《ひじり》」を発表。名実ともに具わり、一家をなす。

十一月「葛《かつ》飾《しか》砂《すな》子《こ》」を発表（新小説）。

一九〇一（明治三十四）年　二十八歳

四月「註文帳」を発表（新小説）。

六月「木精」を発表（のち「三尺角拾遺」、小天地）。

八月　安田善之助邸で鏑《かぶら》木《き》清《きよ》方《かた》と初対面、爾来刎頸の友となる。

十一月「袖屏風」を発表（新小説）。

年末より伯父松本金太郎と旅行、翌年正月帰京。

一九〇二（明治三十五）年　二十九歳

一月「新小説」に「女仙前記」を、「中津新報」に「祝盃」を発表。また『三枚続』を刊行（春陽堂）。

一月末から二月、柳川春葉とともに名古屋・伊勢を旅行。

五月「きぬ〴〵川」（新小説）。

八月から九月上旬まで、胃腸病のため逗子桜山に転地療養。すずも訪れ台所を手伝う。

十一月「起《き》請《しょう》文《もん》」を「新小説」に発表。

一九〇三（明治三十六）年　三十歳

一月二十二日　南榎町より牛込区神楽町二丁目二十二番地に転居。すずと同棲するが、四月、紅葉の知るところとなり、叱責をうけ離別。

五月「薬草取」を発表（二六新報）。

十月「風流線」を「国民新聞」に連載（翌年三月まで）。

三十日、紅葉逝去。享年三十六。葬儀では門弟を代表して弔詞を述ぶ。

一九〇四（明治三十七）年　三十一歳

三月「紅雪録」を「新小説」に発表。

四月「続紅雪録」を「新小説」に発表。

五月「続風流線」を「国民新聞」に連載（十月まで）。

九月　本郷座で「高野聖」初演。

十二月　従弟松本長・ふみの婚礼で媒酌をつとめた。

一九〇五（明治三十八）年　三十二歳

一月「わか紫」を「新小説」に発表。

二月　二十日、祖母きて死去。享年八十六。

四月「銀短冊」を発表（文芸倶楽部）。

六月「中央公論」に「女客《おんなきやく》」を二章まで発表。しかし祖母の死の衝撃で体調を崩し中絶、十一月にあらためて掲載、完結する。

七月二十一日、胃腸悪化、再び逗子に

転地療養。一夏のつもりが四年越しに及ぶ。

一九〇六（明治三十九）**年　三十三歳**

一月「式部小路」（「三枚続」続編）を「大阪朝日新聞」に連載開始。この月は「月夜遊女」（太陽）も発表。

六月『無憂樹《むゆうじゅ》』を刊行（日高有倫堂）。

十一月「春昼」、十二月には「春昼後刻」を「新小説」に発表。

八月、弟斜汀「北海タイムス」の招きで札幌に赴く（翌年夏には帰京）。

逗子滞在中、李長吉の詩に親しむ。

一九〇七（明治四十）**年　三十四歳**

一月「婦系図《おんなけいず》」を「やまと新聞」に連載（四月まで）。

五月　登張竹風との共訳で、唯一の翻訳、ハウプトマン原作「沈鐘」を「やまと新聞」に連載（六月まで）。この月、談話「おばけずきの謂れ少々と処女作」を発表（新潮）。

六月　十八日、西園寺首相の文士招待会に出席。

十月　十八日、文士による西園寺公招待会（雨声会）に出席。

一九〇八（明治四十一）**年　三十五歳**

一月『草迷宮《くさめいきゅう》』（春陽堂）を刊行。

三月　又従妹目細てるの五女他喜《たき》を養女に迎える（が、翌年四月金沢に帰った）。

四月「ロマンチックと自然主義」を発表（新潮）。自然主義への批判を表明。

六月「沼夫人」（新小説）。この月二十日、第一回鏡花会開催。以後四十四年五月まで九回に及ぶ。

八月　十八日、妹他賀、高岡で死去。

十一月「星女郎」を発表（文芸倶楽部）。

一九〇九（明治四十二）**年　三十六歳**

二月　帰京して麴町区土手三番町三十三番地に居を卜す。

四月　後藤宙外らが結成した文芸革新会に参加。

六月　二日、二葉亭四迷の葬儀に列席。

夏、小村雪岱《こむらせったい》に初めて逢う。

九月『神鑿《しんさく》』を刊行（文泉堂書房）。

十月　夏目漱石の斡旋により「白鷺」を「東京朝日新聞」に連載（同年十二月まで）。この月、文芸革新会関西講演旅行で伊勢・名古屋を廻る。

一九一〇（明治四十三）**年　三十七歳**

一月「歌行燈」を「新小説」に掲ぐ。同じく「国貞ゑがく」も発表（太陽）。またこの月より春陽堂から作品集『鏡花集』全五巻の刊行始まる。

五月　麴町区下六番町十一番地に転居。終の棲家となる。

十月　永井荷風の厚意で「三田文学」に「三味線堀」を発表。

一九一一（明治四十四）**年　三十八歳**

一月「酸漿」を発表（万朝報）。

三月　作品集『鏡花叢書』を刊行（博

文館）。
八月　「杜若」を発表（新小説）。
十月　『銀鈴集』を刊行（隆文館）。
十二月　「爪びき」を発表（文芸倶楽部）。

一九一二（明治四十五・大正元）年　三十九歳

一月　四日、文芸家新年宴会で、谷崎潤一郎と初めて会う。この月、前年十月の喜《き》多《た》村《むら》緑郎《ろくろう》の招きによる大阪行きの経験にもとづく「南地心中」を「新小説」に掲ぐ。
二月　「白樺」同人主催美術展覧会で、志賀直哉、里見弴に遇う。
五月　「幼い頃の記憶」を発表（新文壇）。
九月　十日、田岡嶺雲の葬儀に参列。

一九一三（大正二）年　四十歳

一月　「五代力《ごだいりき》」を発表（新小説）。
三月　「夜叉《やしゃ》ケ《が》池《いけ》」を発表（演芸倶楽部）。
五月　「狸囃子」を発表（のち「陽炎座」、新小説）。
六月　ホトトギス主催の観能会で久保田万太郎と相識る。
十二月　「海神別荘」を発表（中央公論）。

一九一四（大正三）年　四十一歳

一月　『参宮日記』を刊行（春陽堂）。
九月　明治座上演「婦系図」のために、「湯島の境内」を書き下ろした。この月『日本橋』を刊行（小村雪岱装幀・千章館）。
十二月　十六日、伯父松本金太郎逝去。

一九一五（大正四）年　四十二歳

三月　本郷座で「日本橋」初演。
四月　「新つや物語」を発表（文芸倶楽部）。
五月　「星の歌舞伎」を安成貞雄編集の「女の世界」に連載（同年十二月まで）。
六月　『鏡花選集』を刊行（春陽堂）。
十月　『遊里集』を刊行（春陽堂）。

一九一六（大正五）年　四十三歳

四月　十八日、雨声会（最終回）に出席。
七月　「夜叉ケ池」本郷座で初演。
十一月　二十七日、水上《みなかみ》瀧《たき》太郎《たろう》が初めて下六番町を訪れ、以来鏡花の物心両面の支えとなる。
十二月　十二日、夏目漱石の葬儀に参列。

一九一七（大正六）年　四十四歳

一月　『幻の絵馬』を刊行（春陽堂）。
三月　「雛がたり」を発表（新小説）。
四月　「峰茶屋心中」を発表（新小説）、『彌生帖』を刊行（平和出版社）。
五月　金沢に帰郷。
七月　「卯辰新地《うたつしんち》」を発表（文芸倶楽部）。
九月　「天守物語《てんしゅものがたり》」を発表（新小説）。

一九一八（大正七）年　四十五歳

一月　「継三味線」を発表（新小説）。
二月　「友染火鉢」（週）を連載（三月

まで）。

三月　大阪に水上瀧太郎を訪ねる。

六月『鴛鴦帳』を刊行（止善堂）。

七月「芍薬《しゃくやく》の歌」を「やまと新聞」に連載（十二月まで）。この月十五日、外相後藤新平の文士招待会で芥川龍之介に遇う。

一九一九（大正八）年　四十六歳

一月　鏡花文学の集大成「由縁《ゆかり》の女」を「婦人画報」に連載（翌々年二月まで）。この月、前年に続き大阪に赴く。

五月「柳の横丁」を「大阪朝日新聞」に連載（七月まで）。

一九二〇（大正九）年　四十七歳

一月「伯爵の釵」を発表（婦女界）。

五月「売色鴨南蛮《ばいしょくかもなんばん》」を発表（人間）。

六月「葛飾砂子」映画化の件で谷崎潤一郎に会い、撮影にも立ち会った。

十一月　小村雪岱装幀『絵本辰巳巷談』を刊行（春陽堂）。

十二月　「唄立山心中一曲」を発表（改造）。

一九二一（大正十）年　四十八歳

一月「彩色人情本」（新演芸）を連載（翌年二月まで）。またこの月「毘首羯摩」（国粋）も連載（十月まで）。

二月 国文堂書店より『蜻蛉集』を刊行。巻末に水上瀧太郎編の「泉鏡花著作細表」を付す。

五月 夫人同伴で平泉に赴く。

七月「七宝の柱」を発表（人間）。

八月『ゆかりのおんな櫛笥集』を刊行（春陽堂）。

一九二二（大正十一）年　四十九歳

一月「妖魔の辻占」を発表（新小説）。この月、「身延の鶯」を「東京日日新聞」に連載（三月まで）。

八月「龍膽《りんどう》と撫子《なでしこ》」を「女性」に連載（翌年九月まで）。

一九二三（大正十二）年　五十歳

五月　三田文学講演会で講演。この月、「朝湯」を「大阪朝日新聞」に連載（七月まで）。

六月「山吹」を発表（女性改造）。

九月　一日の関東大震災では無事、類焼を避けて露宿二昼夜にわたり、避難中に「露宿《ろしゅく》」を執筆（十月、女性）。

十一月　夫人同伴で、金沢に帰郷。

一九二四（大正十三）年　五十一歳

四月「二三羽――十二三羽」を発表（女性）。

五月「眉かくしの霊」を「苦楽」に発表。この月、夫人同伴で大阪に赴き、城の崎を経て出雲をこころざした。

七月「夫人利生記」を発表（女性）、『りんだうとなでしこ』を刊行（プラトン社）。

十月　大阪白木屋主催日本文芸講演会のため、下阪した。

一九二五（大正十四）年　五十二歳

一月「甲乙《きのえきのと》」を発表（女性）。
四月　修善寺に赴き、新井旅館で芥川龍之介と同宿になった。
七月　春陽堂より『鏡花全集』全十五巻刊行始まる。監修は、小山内薫、谷崎潤一郎、里見弴、水上瀧太郎、久保田万太郎、芥川龍之介。装幀岡田三郎助。編輯の実務を小村雪岱、濱野英二が担当。この月、東京放送局で初のラジオ放送出演。
年末、すず夫人が入籍。

一九二六（大正十五年・昭和元）年
五十三歳

一月「絵本の春」を発表（文藝春秋）。
九月「麻を刈る」を「時事新報」に連載（十月まで）。
十月「半島一奇抄」を発表（文藝春秋）。
この年の年末金沢に帰郷し、妹やゑと再会したか（ただし、前年末の可能性もある）。

一九二七（昭和二）年　五十四歳

四月「卵塔場の天女」を発表（改造）。
この月と五月「河伯令嬢」を発表（婦人倶楽部）。
七月　紀行「深川浅景」を「東京日日新聞」に連載（八月まで）。この月、芥川龍之介自裁。葬儀で弔辞を述べる。
八月　十和田湖に赴く。

一九二八（昭和三）年　五十五歳

五月　鏡花を囲む懇親会「九九九会」発足、毎月二十三日を会日として、以後没するまで、百三十六回を数えた。
八月「飛剣幻なり」を「改造」に発表。
十月　十七日、広津柳浪の葬儀に列席した。

一九二九（昭和四）年　五十六歳

二月　豪華版作品集『泉鏡花集』を刊行（春陽堂）。
四月『昭和新集』を刊行（改造社）。
五月　能登・和倉温泉に遊ぶ。
七月「山海評判記」を「時事新報」に連載（十一月まで。挿絵小村雪岱）。
九月「木の子説法」を「文藝春秋」に発表。

一九三〇（昭和五）年　五十七歳

一月　熱海町主催の紅葉祭に出席。
四月　澁澤敬三邸で、柳田國男らとともに「花祭」を見物した。

一九三一（昭和六）年　五十八歳

六月　千葉勝浦に遊んだ。
七月「貉市場」（のち「古貉」）。文藝春秋オール読物）。
九月「貝の穴に河童が居る」（のち「貝の穴に河童の居る事」）を「古東多万《ことだま》」に発表。
十一月　金沢に帰郷。

一九三二（昭和七）年　五十九歳

一月「菊あはせ」を発表（文藝春秋）。

四月　「白花の朝顔」を発表（週刊朝日）。
五月と十一月、修善寺温泉新井旅館に赴く。

一九三三（昭和八）**年　六十歳**
一月　「神鷺之巻」を「改造」に、「燈明之巻」を「文藝春秋」に発表。
三月　弟斜汀、徳田秋聲経営のアパートで死去。秋聲との長年の不和は幾分やわらいだ。
七月　「開扉一妖帖」を発表（経済往来）。

一九三四（昭和九）**年　六十一歳**
一月　「斧琴菊《まきこときく》」を「中央公論」に発表。
三月　作品集『斧琴菊』（昭和書房）刊。

一九三五（昭和十）**年　六十二歳**
三月　二十日、又従妹目細てる死去。
四月　鏑木清方筆『註文帳画譜』を新小説社より刊行（この月から翌年一月にかけて）。
八月　五日、東京放送局で「涼み台一問一答芸談」と題し、小村雪岱と対談放送をした。
十一月　二十九日、従弟松本長死去。

一九三六（昭和十一）**年　六十三歳**
一月　熱海水口園に遊ぶ。「お忍び」を発表（中央公論）。
五月　明治座「新版つや物語」上演。
十一月　久保田万太郎編『泉鏡花読本』（三笠書房）を刊行。

一九三七（昭和十二）**年　六十四歳**
一月　「薄紅梅」を「東京日日新聞」と「大阪毎日新聞」に連載（三月まで。挿絵鏑木清方）。
六月　二十四日、帝国芸術院会員となる。
十二月　「雪柳」を発表（中央公論）。

一九三八（昭和十三）**年　六十五歳**
四月　改造社創立二十周年記念会に出席。
五月　歌舞伎座上演「湯島詣」の舞台稽古に立会った。この年、はじめて発表作なし。歳末より健康すぐれず。

一九三九（昭和十四）**年　六十六歳**
四月　佐藤春夫甥竹田龍児《りようじ》と谷崎潤一郎長女鮎子の結婚を媒酌。
七月　病苦を押し「縷紅新草《るこうしんそう》」（中央公論）を発表。
九月　七日、肺腫瘍のため午後二時四十五分永眠。九日、宮内省より幣帛を下賜。十日正午出棺、芝青松寺にて葬儀。遺骨は雑司ヶ谷墓地に埋葬。戒名は、佐藤春夫の撰による「幽幻院鏡花日彩居士」。

作成・吉田昌志

泉家系図

- 〔宝生流シテ方能楽師〕松本彌八郎（文久元年没）―（養子）
  - 〔大鼓師〕惣之助（のち孫惣）（明治十年七月十七日没）＝ちよ（嘉永元年十二月晦日生）
    - ふみ（明治元年生）
    - かね（明治四年生）
  - 男子（次男　明治元年九月十一日没）
  - 〔シテ方能楽師〕金太郎（天保十四年九月十九日生　大正三年十二月十六日没）
    - たね（文久元年生）
    - 長重（慶応元年生）
    - 〔シテ方能楽師〕松本長（明治十年十一月十一日生　昭和十年十一月二十九日没）＝ふみ（明治三十年四月二十四日生）
      - 〔俳人〕孝（明治三十九年一月五日生　昭和三十一年二月二十一日没）
  - 女子
  - きん

- 〔加賀藩御手役者　葛野流大鼓師〕中田仙助（二代目猪之助）
  - 男子（慶応二年十月三日没）
  - 〔大鼓師〕中田万三郎（三代目猪之助　のち豊喜）（文化五年九月三日生　明治十四年十月十九日没）
    - 鈴（嘉永七年一月二十八日生　明治十五年十二月二十四日没）＝〔彫金師〕泉清次

- 〔仕立職〕和泉屋庄助（文化三年八月十一日生　明治七年十一月十六日没）＝きて
  - 〔彫金師〕泉清次（天保十三年十一月三日生　明治二十七年一月九日没）＝宮野サク（弘化三年八月一日生）
  - ます（天保九年一月七日生）

- 泉清次＝鈴
  - 男子（夭折・明治五年七月晦日没）
  - 鏡太郎〔泉鏡花〕（明治六年十一月四日生　昭和十四年九月七日没）＝すず（明治十四年九月二十八日生　昭和二十五年一月二十日没）
  - 他賀（明治十年八月三日生　明治四十一年八月十八日没）（明治十九年三月二十九日、小竹与助方へ養女）
  - 豊春〔泉斜汀〕（明治十三年一月三十一日生　昭和八年三月三十日没）
  - やゑ（明治十五年十二月三日生　昭和二十九年十月十日没）（明治十六年二月三日生として宮崎助次郎の長女と届出）

- 〔針舗〕目細五兵衛
  - きて（文政二年三月一日生　明治三十八年二月二十日没）＝和泉屋庄助
  - 勇《ゆう》（文化十四年六月十日生　明治二十四年十二月二十六日没）
    - 八郎兵衛（明治十二年八月没）＝たか
      - てる（明治七年一月十五日生　昭和十年三月二十日没）＝政吉（安政五年一月二十九日生　昭和十年十二月二十七日没）（のち十七代八郎兵衛）

執筆者一覧

五十音順・敬称略

秋山稔（泉鏡花記念館館長・金沢学院大学教授）
穴倉玉日（泉鏡花記念館学芸員）
市川祥子（群馬県立女子大学教授）
市川紘美（東京女子大学非常勤講師）
今西彩子（鎌倉市鏑木清方記念美術館学芸員）
植田理子（淑徳大学非常勤講師）
上田正行（金沢大学名誉教授）
大木志門（東海大学教授）
川島みどり（明治大学兼任講師）
佐藤未央子（法政大学助教）
真田幸治（装幀家・大阪芸術大学客員教授）
鈴木彩（愛知教育大学専任講師）
鈴木啓子（宇都宮大学教授）
須田千里（京都大学教授）
田中励儀（同志社大学名誉教授）
種田和加子（藤女子大学名誉教授）
出口智之（東京大学准教授）
富永真樹（青山学院大学非常勤講師）
馬場美佳（筑波大学准教授）
杲由美（奈良工業高等専門学校准教授）
松村友視（慶應義塾大学名誉教授）
三品理絵（武庫川女子大学教授）
吉田遼人（愛知学院大学専任講師）
吉田昌志（昭和女子大学教授）

謝辞

本書の制作にあたり、格別のご協力を賜りました
左記の関係各位ならびに機関に深く感謝申し上げます。

泉名月遺族

寺木節太郎
根本清雄
平山基之

慶應義塾図書館
慶應義塾ミュージアム・コモンズ

泉鏡花研究会
市川祥子
鈴木啓子
田中励儀
吉田遼人
吉田昌志

齋藤直子（金沢市立中村記念美術館）
細野美希（金沢湯涌江戸村）／泉家図面作成

石川県西田幾多郎記念哲学館
金沢湯涌江戸村
鎌倉市鏑木清方記念美術館
カロワークス
松竹大谷図書館
新宮市立佐藤春夫記念館
徳田秋聲記念館
日本近代文学館
能登印刷株式会社
弥生美術館

凡例

一　本書は、泉鏡花記念館の鏡花生誕一五〇年記念特別展「再現！　番町の家」（令和五年十月一日－十一月二十六日）の開催に合わせ企画・編集された。なお、本書に掲載された資料と展覧会の出品資料は必ずしも一致しない。

二　本書に引用した鏡花作品は、基本的に岩波書店版『鏡花全集』を定本とし、適宜ルビを付した。

三　本書の表記は原則、新字・新仮名づかいとしたが、引用文ならびに固有名詞に関してはこの限りではない。

四　本書において、泉鏡花をはじめとする文学作品等の作品名は「　」、雑誌・新聞は「　」、書籍名は『　』で示した。

五　本書に掲載した「番町の家」の平面図ならびに展開図は、『新潮日本文学アルバム22　泉鏡花』（昭和六十年十月　新潮社）掲載の間取図、ならびに現存する室内写真、関係者の証言等をもとに作成した。

六　本書における記述に関して、特に参考文献ならびに典拠を示す必要のある場合は、合印＊を付して、「参考文献・典拠一覧」に掲載した。

七　本書に記載された年齢については、該当年に迎える満年齢を基本とし、享年については数え年で統一した。

八　引用した作品テクストには、今日の観点からみて不適切な語句・表現が用いられているが、作品の時代的背景と文学的価値に鑑み、そのままとした。

九　肖像写真ならびに泉家写真は特に記載しない限りは泉名月遺族からご提供を賜った。記して感謝したい。

装幀・デザイン
櫻井久
鈴木香代子（櫻井事務所）

DTP組版
株式会社キャップス

編集
穴倉玉日（泉鏡花記念館）
日下部行洋（平凡社）
柳川夏子（平凡社）

泉鏡花生誕一五〇年記念

鏡花の家

二〇二三年一〇月一〇日　初版第一刷発行

監修・編著　泉鏡花記念館＋泉鏡花研究会
発行者　下中順平
発行所　株式会社平凡社
〒一〇一-〇〇五一
東京都千代田区神田神保町三-二九
電話　〇三-三二三〇-六五七三（営業）
ホームページ　https://www.heibonsha.co.jp/

印刷　株式会社東京印書館
製本　大口製本印刷株式会社

ISBN 978-4-582-20733-0
乱丁・落丁本のお取り替えは
直接小社読者サービス係までお送りください
（送料は小社で負担いたします）。

【お問い合わせ】
本書の内容に関するお問い合わせは
弊社お問い合わせフォームをご利用ください。
https://www.heibonsha.co.jp/contact/

泉鏡花記念館

公益財団法人金沢文化振興財団

平成十一（一九九九）年十一月、金沢市内の泉鏡花の生家跡地に開館。かつて亡き母が埋葬された卯辰山や、その麓を流れる浅野川にもほど近く、鏡花が生れ育った当時の町並みの面影を色濃く残す地域に佇んでいます。

鏡花の生涯と作家活動を自筆資料や遺品などの展示を通して紹介する常設展示室、鏡花を愛する文化人がその魅力を語ったインタビューを視聴できるミニシアターのほか、企画展示室では日頃の調査・研究成果に基づく展覧会を年三回程度開催。またミュージアムショップでは、館蔵品をモチーフとするオリジナルグッズや、鏡花関連書籍を一般書から専門書まで幅広く取り揃え、鏡花作品の普及に努めています。

〒920-0910
石川県金沢市下新町2番3号
TEL（076）222-1025
FAX（076）222-1040
https://www.kanazawa-museum.jp/kyoka/

利用案内

● 開館時間
午前9時30分～午後5時（入館は午後4時30分まで）

● 休館日
火曜日（祝日の場合は翌平日）
年末年始（12月29日～1月3日）
展示替期間（公式ホームページでご確認ください）

● 観覧料金　※令和5年10月現在
個人　310円
一般 団体（20人以上）　260円
65歳以上・障害者手帳を
お持ちの方およびその介護人　210円
高校生以下　無料

交通案内

● ふらっとバス
JR金沢駅東口バスのりばから
「金沢ふらっとバス（此花ルート）」
彦三緑地下車　徒歩5分

● 北鉄バス
JR金沢駅東口バスのりばから
「城下まち金沢周遊バス」
右回り橋場町（金城楼前）下車　徒歩3分
広坂・21世紀美術館バス停から
「城下まち金沢周遊バス」
左回り橋場町（金城楼向い）下車　徒歩3分

● 駐車場
金沢蓄音器館との共同駐車場（記念館横）　3台